噂《うわさ》のあいつは家庭科部！

市宮早記 作 ／ 立樹まや 絵

私は紺《こん》野《の》さやか。

明《めい》林《りん》高校二年生。

家庭科部の部長をしています。
両親が共働きで家にほとんどいないので、
妹のひかるに、手作りの美味《おい》しいご飯を食べさせてあげたくて、
料理を始めたんだけど、なぜかあんまりうまくいきません。
新入生の内海くんに怒られてばかり。
でも練習すればうまくいくはずだから、マイペースに楽しくやっています。

紺野《こんの》さやか

誕生日 3月12日 **血液型** O型

好きな食べ物 ハンバーグとか、甘いものとかが好きです。

趣味 これから、料理になる予定です!

これはひかると
同級生で、
一年生の内海《うつみ》悠《ゆう》くん。

KONNICHIWA!

内海《うつみ》 悠《ゆう》

誕生日 5月29日 **血液型** B型

好きな食べ物 特に好き嫌いはないですよ。ちゃんと料理として形になってれば。

趣味 料理、裁縫《さいほう》……じゃなくて、バスケです。

女の子みたいに綺麗《きれい》な顔で、バスケがうまくて、
カッコいいって学校中で噂《うわさ》みたいです。
でも彼には、かくしてる別の一面があって。
あのね、本当は……これ言っちゃうと
ものすごく怒るのでやっぱり内緒《ないしょ》です。

妹のひかるです。
高校一年生。
親がいない時間は
ずっと二人ですごしていたので、
私が親代わりみたいに思ってます。
でも、美人でなんでもできて、
どこでも人気者で、私とは大違《おおちが》い。
ちょっとうらやましい……。
ONAKASUITA…
お隣《となり》の春兄《はるにい》です。
紺野《こんの》ひかる
誕生日 7月12日 血液型 AB型
好きな食べ物 寿司《すし》。あとはその日の気分によるかな。
趣味 漫画《まんが》とかゲームとか。休みの日はあんまり外に出たくない。

高校三年生。

HI! GENKI?

三井春太《みついはるた》
誕生日 4月1日　血液型 O型
好きな食べ物 最近はメロンパンとたくあんが好きで、昼によく食べてるよ。
趣味 バスケしたり、スポーツ観戦するのが好きだな。

小さい頃からわたしたち姉妹とよく遊んでくれる、
お兄さんみたいな存在。
やさしくて、いつも味方してくれて、
一緒《いっしょ》にいるとすごく安心します。
実は私はずっと春兄に片思いしているのだけど……。

uwasano aitsu-ha
KATEIKABU

妹みたいに目立つ美人じゃないし、春兄に告白する勇気もないし、
二年生になっても、まえと変わらない高校生活だと思っていたけど、
内海くんが現れて、
部活も、私の気持ちも、少しずつ変わってきました。
それは、とても楽しかったり、なぜか苦しかったり――

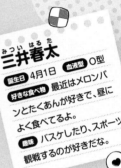

噂《うわさ》のあいつは家庭科部！

—— もくじ ——

GAMI!
GAMI!
GAMI!

uwasano aitsu-ha KATEIKABU

噂《うわさ》のあいつは新入生！

「なんやねん、これは⁉　全っ然あかんわ、もっかいやり直せ！」

多くの生徒たちがクラブ活動にいそしむ放課後、そんな怒声《どせい》が響《ひび》いたのは、体育館でも運動場でもなく、暖《あたた》かな日差しの降《ふ》り注ぐ家庭科室だった。

怒声の主は二週間前に家庭科部に入ったばかりの一年生、内海悠《うつみゆう》。

私は自分より頭一つ分背《せ》の高い、後輩《こうはい》である彼《かれ》の顔を見上げると、一瞬《いっしゅん》固まっていた表情を崩《くず》して笑みを浮《う》かべた。

「えっと、内海くん。確かに見た目は悪いけど、食べてみたら意外と美味《おい》しいかもだよ？」

そう、今度は今までのものとは違《ちが》うのだ。今この手に乗せられているお皿の上には、ところどころ焦《こ》げてはいるものの、なんとか長方形の形を成した黄色の塊《かたまり》、卵焼《たまごや》きがあった。これは、幾度《いくど》となく失敗を重ねてようやく完成した、私にとって奇跡《きせき》の一品だ。

しかし、その一品に再び目をやった彼は、ぴくりと頰《ほお》を引きつらせた。

「それのどこが卵焼きなんですか！　貸してください」

言うなり内海くんは、私の背後《はいご》にあったフライパンを奪《うば》い取り、足早に流し台へと向かった。手早くフライパンを洗《あら》うと、流れるような手つきで油をひき、卵《たまご》をといて味付けをしたそれを流し入れる。

そして数分後。

「すっ、すごい！　きれい！」

出来上がった卵焼きに、私は目を輝《かがや》かせた。

型に入れて焼いたのかと思うほど整った形に、綺麗《きれい》な黄金色《こがねいろ》。自分の作ったものと並《なら》べると、同じ料理とは思えないほどだった。

一口食べてみると、口の中でほどよい甘《あま》さがじわりと広がる。

「うわあ、ふわふわ……おいしい」

「いいですか、卵焼き言うたら最低限こんくらいのもん作ってから言うてください」

腕《うで》を組み、こちらを見下ろしながら内海くんが言う。

「内海くんは本当にすごいね！　天才だよ！」

「……べつに、こんくらい普通《ふつう》ですよ」

そっけなく返すが、そっぽを向いた内海くんの表情はまんざらでもなさそうだ。ふとその目が私の作った卵焼きにとまる。

「しゃーない、味見くらいしたりますか……」

つぶやくように言うと、内海《うつみ》くんは添《そ》えてあった箸《はし》を手に取り、私の作った卵焼《たまごや》きを一切れ口に含《ふく》んだ。同時に、内海くんの動きが止まる。

「ど、どうかな？　美味《おい》しい？」

固まったまま動かない内海くんを、期待を込《こ》めた目で見つめる。

しかし、内海くんはものすごい勢いで私に背《せ》を向けると、置いてあったキッチンペーパーを手にごみ箱へと走った。

「うっ……おえっ……」

「う、内海くん⁉　どうしたの、大丈夫《だいじょうぶ》⁉」

しゃがみ込み嘔吐《えず》く後ろ姿《すがた》にあわてて駆けよる。

すると内海くんは真っ青な顔でこちらを向き、よろめきながら立ち上がった。

「大丈夫？　やないわ、ぼけ。どんだけ塩入れてますねん。塩分過多で殺す気ですか」

「えっ、塩？」

甘《あま》くなるようにと砂糖《さとう》はたくさん入れたけれど、塩は入れた覚えがない。

首を傾《かし》げつつ調理台を振《ふ》り返《かえ》る。そこには砂糖の袋《ふくろ》と並《なら》んで、塩の入った袋が置いてあった。

「……まさか、塩と砂糖間違《まちが》えたとかベタなこと言うんやないですよね……？」

振り向くと、内海くんはいっそ恐《こわ》いくらいにさわやかな笑顔を浮《う》かべていた。

「え、えへっ……」

ゆっくりとこちらにつめよってくる彼《かれ》に、なんとか笑顔を返す。

中性的な整った顔立ちに、そこらの女子よりはるかにキメの細かい肌《はだ》。いつもなら綺麗《きれい》だと思うその顔が、今は般若《はんにゃ》かなにかに見える。

内海くんは私を壁際《かべぎわ》まで追いつめると、私の顔に手を伸《の》ばした。

「ええですか、次食材無駄《むだ》にしたら、今度は先輩《せんぱい》のこと焼いて食うたりますからね」

「ふぁい……」

片手《かたて》で頬《ほお》をつままれたまま返事をすると、なんとも間抜《まぬ》けな声が出た。

顔に似合わない、コテコテの関西弁を話すこの男子、内海悠《ゆう》は、ここ明林《めいりん》高校に入学してからというもの、日々《ひび》その見目の美しさから校内の女子の注目を集めている。そんな彼がどうして毎日こんな冴《さ》えない部活にいそしんでいるのか。

話はさかのぼることひと月。それはまだ、桜の花が盛《さか》りを見せていた頃《ころ》のことだった。

「お姉ちゃーん、まだできないのー？」

「ごっ、ごめんね。もうちょっと、もうちょっとだけ待ってて」

広々《ひろびろ》としたリビングから聞こえた気怠《けだる》げな声に、野菜を切っていた手を止めて答えた。

対面キッチンの向こう側では、本革《ほんがわ》のコーナーソファーに寝《ね》そべりテレビを見ている妹、ひかるの姿《すがた》がある。

「もうちょっとって……お姉ちゃん、一時間前もそう言ってたじゃん。パスタとサラダ作るのに何時間かかるわけ？」

「ごめん……」

謝りながら、不甲斐《ふがい》なさで肩《かた》が落ちた。

目の前にある大理石でできたキッチンカウンターには、くし切りにしようとして無残につぶれたトマトや、ゆで卵《たまご》を作ろうとして割《わ》ってみるとまだ生《なま》だった卵など、数多《あまた》の食材の残骸《ざんがい》が散らかっていた。

「サラダはもういいからさ、とりあえずパスタ作ってよ」

「うん、わかった。急ぐね」

眠《ねむ》そうなひかるの声にあせりを覚えつつ、包丁を置き、棚《たな》の中から鍋《なべ》を探《さが》す。そして取り出したのは、料理番組でもよくパスタを茹《ゆ》でるのに使われている、大きな深い鍋。

しかし、それを見たひかるはソファから起き上がって顔をしかめた。

「げっ、今からそれでお湯沸《わ》かすの？　もうお腹空《なかす》いたから、もうちょっと浅い鍋使いなよ。そしたらさっさと茹でられるしさ」

「あっ、そっか」

ひかるの言葉になるほどとうなずく。

一つ歳下《としした》の妹のひかると私は、同じ血を分けた姉妹とは思えないほど似ていない。

ひかるはモデルみたいに手足が長くて、細くて、街を歩けば誰《だれ》もが振《ふ》り返《かえ》るような美人だ。対して私は、子どもっぽい平凡《へいぼん》な顔立ちで、初めて会った人に『どこかで見たことがある気がする』と言われることもよくある。

容姿《ようし》だけではなく、頭脳《ずのう》も、運動神経も、ひかるは同世代の女の子たちより飛《と》び抜《ぬ》けているけれど、私は並《なみ》かそれ以下だ。どこを取っても私がひかるに勝《まさ》る点なんてなくて……

それを、コンプレックスに思わないと言えば嘘《うそ》になるかもしれない。

けれど、それでも私はひかるのことが大好きだ。

両親が共働きでほとんど家におらず、昔からこうしてほぼ二人暮《ふたりぐ》らしのような生活を送っていたため、私にとって妹は一番身近で大切な家族なのだ。

「あ、いい鍋《なべ》あったよ」

棚《たな》の中から新しく鍋を取り出し、リビングに向かって声をかける。

「んー」

ひかるはすでにテレビに集中しており、こちらを見ずに相槌《あいづち》を打った。

真剣《しんけん》にテレビを見つめるその整った横顔は、こうして見るとまだ少しあどけなく、どこか微笑《ほほえ》ましい気持ちになる。

早く美味《おい》しいパスタを作ってあげよう。

気を取り直して鍋に水を入れ火にかけると、湯が沸騰《ふっとう》してから乾燥《かんそう》パスタの束《たば》を鍋へと突《つ》っ込《こ》んだ。

「ねえ、ひかる。パスタのソースは何がいい？」

そういえば、まだソースを決めていなかった。

私はいったんコンロから離《はな》れて戸棚《とだな》を探《さぐ》りながら尋《たず》ねた。もちろんソースは、レンジでチンの簡単《かんたん》レトルトだ。

「えー、何があるー？」

「えっと、ミートソースとたらことカルボナーラと……」

かごの中に入っている大量のソースを一つ一つ読み上げながら取り出す。すると、ふと何かが焦《こ》げたような臭《にお》いが鼻をくすぐり、私は顔をしかめた。

いったい何の臭いだろう。

思い当たるものもなく、首を傾《かし》げながらなにげなくコンロへと目をやる。その瞬間《しゅんかん》、全身からさっと血の気《け》が引くのを感じた。

「き、きゃあああ!」

「なっ、なに⁉　なにごと⁉」

驚《おどろ》いたようにひかるが身を起こしてこちらにかけよってくるが、それに答える余裕《よゆう》もない。

家にあった一番浅い鍋……フライパンに入れたパスタはその半分以上が鍋からはみ出しており、引火し赤々《あかあか》と燃え上がっていたのだ。

「ちょ……っ、なにしてんの!」

「どうしよう、とにかく消さなきゃ……！」

あせった私は棚《たな》の奥《おく》から消火器を取り出して構えた。

しかしレバーを引いても水の一滴《いってき》も出てこない。

「馬鹿《ばか》っ！　もういいから下がってて！」

ひかるはそう怒鳴《どな》ると、ガスの火を止め、足元に転がったままになっていた深鍋《ふかなべ》を手に取り水を入れた。そして燃え上がるパスタに向かって一気に水をかける。

頭から水をかぶったパスタは小さく音を立てて鎮火《ちんか》した。

「ひ、ひかる……」

おそるおそるひかるの様子をうかがうと、彼女《かのじょ》は肩《かた》で息をしながらこちらに背《せ》を向けて立ち尽《つ》くしていた。

「本当にごめん！　今すぐ片付《かたづ》けて、何かもっと簡単《かんたん》なもの作るから……」

「お姉ちゃん！」

半泣きになりながら焦《こ》げたパスタの方へと足を向けるが、強く肩を引かれて立ち止まる。

「もういいよ。今日は出前頼《たの》もう。片付けも、明日は家事代行サービスの人が来てくれる日だから、そのままにしとこう」

「でも、こんなに散らかしちゃったし、それはさすがに……」

「それなら私があとで適当に片付けとくからさ。お姉ちゃんがやったらまたなにかやらかしそうだし、お願いだから本当にもうなにもしないでよ」

ひかるはそう言うと、ぽんと私の頭を叩《たた》いて電話をかけに台所を出ていった。

「……ごめんね、ひかる。結局、今日も出前になっちゃって」

「もう謝らなくていいって。どうせこんなことになるだろうと思ってたし」

届《とど》いたお寿司《すし》をリビングのローテーブルにひろげながら謝ると、ひかるは小さく息を吐《は》いて答えた。

幼《おさな》い頃《ころ》から家に親がいないことが多かったため、家事代行サービスの人が来ない日は、今までほとんど食事は出前か外食ですませてきた。

友だちに話すと、みんな『好きなものを好きなだけ食べられるなんてうらやましい』と言う。だけど私は、普通《ふつう》の家庭では当たり前の、できたての手作りごはんを囲んで食べる生活というものに、ずっと憧《あこが》れを抱《いだ》いていた。そして妹にも、そんな生活をさせてあげたいと思っていた。

そこで、高校に上がった昨年、家庭科部に入部したことをきっかけに料理の勉強を始め、こうして家でも料理をするようになったのだ。

しかし元来要領が悪く不器用なため、今のところまともな食事を作れたためしはない。

「でもお姉ちゃん、こんなんでよく部長なんてやってるよね。まあどうせ、体良《ていよ》く押《お》し付《つ》けられただけなんだろうけど」

「押し付けられたわけじゃないよ。みんな、帰って家の手伝いをしなきゃいけなかったりしてたいへんらしいから、私が自分でやるって言ったの」

意気込《いきご》んで訂正《ていせい》すると、ひかるは何か言いたげに私を見た。けれど、結局何も言わないで寿司《すし》へと箸《はし》を伸《の》ばす。

「そういえば、ひかる。高校生活は慣れた？　部活は何にするか決めたの？」

一つ歳下《としした》の妹は、一週間前に私の通う明林《めいりん》高校に入学したばかりだ。明林高校では、生徒は全員どこかしらの部に所属しなければならず、入学して二週間後には入部届《とど》けを提出しなければならない決まりになっている。

「まあ。部活はまたバスケ部にするよ」

「えっ、バスケ部？」

思わず声を上げると、ひかるは怪訝《けげん》そうに眉《まゆ》を寄せた。

「なに？」

「う、ううん。なんでもない」

「……ああ、そっか。バスケ部には春兄《はるにい》がいるもんね」

納得《なっとく》したようにうなずかれ、顔に熱が集中するのを感じて思わずうつむいた。

春兄というのは、この家の隣《となり》に住んでいる青年、三井春太《みついはるた》のことである。私の一つ歳上で、昔からよく私たち姉妹と遊んでくれる、まるで本当の兄のような存在《そんざい》だ。

優《やさ》しくて、面倒見《めんどうみ》がよくて。私はそんな春兄に、小さい頃《ころ》からずっと片思《かたおも》いしていた。

「さっさと告白すればいいのに。ぼんやりしてたら誰《だれ》かにとられちゃうよ」

脂《あぶら》の乗ったマグロを口へと運びながら、ひかるがあきれたように言う。その言葉に、私はますます顔を上げられなくなった。

そんなことは、言われなくても重々《じゅうじゅう》承知している。

優しくて、格好よくて、背《せ》だって高くて。非の打ち所なんてどこを探《さが》したって見つからない、そんな春兄に未《いま》だ彼女《かのじょ》がいないなんて、それこそ奇跡《きせき》のようなものなのだ。

わかっている。わかってはいるけれど、理由がなくともそばにいられる妹ポジションというのは、心地よく、それを失う危険《きけん》を冒《おか》してまでも告白したいという気持ちにはなかなかなれずにいた。

「バスケ部の見学行ったけど、春兄《はるにい》、女子にすごい人気だったよ」

「そ、そんなことより、部活自体はどうなの？　うまい子いた？」

追《お》い討《う》ちをかけるように言われ、いたたまれなくなった私は矢継《やつ》ぎ早《ばや》に尋《たず》ねた。すると、ひかるは少し頭をひねったあと、何かを思い出したように、あ、と声を漏《も》らした。

「一人、一年生の男の子でうまい子がいたよ」

「へぇ……ひかるがそう言うってことは本当にすごいんだね、その子」

ひかるは中学の頃《ころ》からバスケをやっていて、注目選手として雑誌《ざっし》で取り上げられたことがあるくらい上手だ。加えて、他人にも自分にも厳《きび》しく、決してお世辞は言わない。そんなひかるがこんなふうに手放しで人をほめるのは、とても珍《めずら》しいことだった。

「うん。しかもすごいイケメン。女の子みたいに綺麗《きれい》な顔でさ、なんか一年の間でも噂《うわさ》になってた」

「へえー」

「ま、私はもっとがっしりしてて、マッチョな男らしい人がタイプだから、興味ないけどね」

ひかるがそう言い終わると同時に、電気ケトルが鳴ってお湯ができたことを知らせてくれる。

入学して一週間で噂になるなんて、いったいどれほどのイケメンなのだろう。少し興味を掻《か》き立《た》てられ、ぼんやりと想像しながら腰《こし》を上げてお椀《わん》を手にケトルへと向かった。

「ありがと」

テーブルに戻《もど》り、手をのばしてきたひかるにお椀を渡《わた》すとそのまま席に着く。

しかし、お椀に口を付けたひかるは、突然《とつぜん》背中《せなか》を丸めて咳《せ》き込《こ》み始めた。

「大丈夫《だいじょうぶ》？」

あわてて近くにあったティッシュを数枚《すうまい》取って手渡《てわた》す。

「お姉ちゃん、これただのお湯じゃん！」

「えっ？　あっ！」

手元を見ると、お寿司《すし》に付いていたお吸《す》い物《もの》の素《もと》が置きっぱなしにしてあった。

「お、さやにひかる。姉妹そろって仲良く登校か」

次の日の朝。

ひかると二人で玄関《げんかん》を出ると、タイミングよく隣《となり》の家から私たちと同じ高校の制服を着た青年が出てきた。

「あ、春兄《はるにい》おはよー」

息をのんで固まった私とは対照的に、ひかるはあくびまじりに挨拶《あいさつ》を返す。

「おい、ひかる。そこは、おはようございますだろ。一応部の後輩《こうはい》なんだし、先輩《せんぱい》にタメ口きいてると鬼塚《おにづか》に絞《しぼ》られるぞ」

「うー、私あの先生苦手」

とたんに苦虫《にがむし》を噛《か》みつぶしたような顔でうなるひかるに、春兄は、ははっとさわやかに笑った。

鬼塚とは男子バスケ部のコーチを務める体育教師で、本名は飯塚武《いいづかたけし》という。しかしその指導のきつさから、生徒たちの間では鬼塚と呼《よ》ばれ恐《おそ》れられているのだ。

「春兄、こんな時間に珍《めずら》しいね。今日は朝練ないんだ」

同じ高校に通っているとはいえ、学年が違《ちが》えばそれほど話す機会もない。久しぶりに会話する春兄に少し緊張《きんちょう》しつつ尋《たず》ねると、春兄は笑みを浮《う》かべたままこちらを見た。

「ああ、明後日《あさって》バレー部が試合で、全面コート使いたいらしいから。久しぶりに朝ゆっくり寝《ね》られたよ」

「そっか。よかったね」

答えながら、心の中でバレー部のみなさんに手を合わせる。

ありがとうございます。みなさんのおかげで春兄と久しぶりに話せてます。試合頑張《がんば》ってください……。

「ところで、さや。どうしたんだ？　その大荷物」

「あ、これ？　これはね、ハンドミキサーとか、材料いろいろ。今日の部活はクッキーを作ろうと思って」

スクールバッグとは別の手に持った紙袋《かみぶくろ》を、持ち上げてみせる。

私の本名は紺野《こんの》さやかなのだけれど、春兄は昔から私のことをさやと呼ぶ。それは、春兄のほかには両親しか呼ばない呼び方で、私は春兄にそう呼ばれるのがとても好きだった。

「重そうだな。学校着くまで持っててやるよ」

「え？　あっ」

不意に脇《わき》からのびた腕《うで》に紙袋をさらわれ、声を上げて春兄を見上げた。

「おっ、意外と重いな……」

「いいよ、春兄《はるにい》。春兄だって部活の荷物とか、重いでしょ？」

あわてて両手を差し出すが、春兄は紙袋《かみぶくろ》を後ろ手に回して隠《かく》してしまう。

「うそ、うそ。これくらい持てなきゃ、きつい練習耐《た》えらんないよ」

「でも……」

「んー……あ、じゃあさ、今日クッキー作ったら、それ俺《おれ》にも分けてよ」

「え……」

思いがけない言葉に思わず目を瞬《しばた》く。春兄は少し恥《は》ずかしそうにはにかんだ。

「俺、甘《あま》いもの結構好きなんだよね。……だめ？」

「う、ううん！　全然！」

「やった。約束な」

春兄がくしゃりと私の髪《かみ》を撫《な》ぜる。その仕草にどきりと胸《むね》が高鳴った。

少し癖《くせ》のあるミディアムヘアーは実はコンプレックスの一つだったりする。妹のひかるはさらさらストレートのショートボブで、昔はその髪が風に揺《ゆ》れるたびにうらやましい気持ちで眺《なが》めていた。

春兄の一歩後ろを歩きながら、そっと頭に手をやる。心臓《しんぞう》はまだどきどきと音を立てていて、私は熱くなった頰《ほお》を隠すようにうつむいた。

今だけは、この髪のことも好きになれそうな気がした。


「じゃ、俺はこっちだから」

春兄は生徒たちでひしめく校舎の入り口で立ち止まり、私に紙袋を差し出した。

けれど私がそれを受け取る前に、何かを見つけた様子で正門の方へ手を上げる。

「内海《うつみ》!」

「……あ、三井《みつい》先輩《せんぱい》。おはようございます」

眠《ねむ》そうに目を擦《こす》りながら、一人の男の子が軽く頭を下げて近付いてきた。

すらりと高い背《せ》に、少し色素の薄《うす》い瞳《ひとみ》、人形のように整った目鼻立ち……思わず目を見張るような美少年だ。

「お姉ちゃん、こいつだよ。私が昨日言ってた男子」

うしろからひかるがこっそり私にささやく。

昨日ひかるが話していた、バスケのうまい男の子。それは目の前にいるこの彼《かれ》のことだったのか。なるほど、これだけのイケメンなら、すぐに噂《うわさ》が広まったのもうなずける。

感心してまじまじと男の子を見つめていると、その目が不意にこちらを見た。けれど、視線《しせん》はすぐに私のうしろへと向けられる。

「あれ、紺野《こんの》さん。おはよう」

「内海《うつみ》くん、おはよう」

綺麗《きれい》な笑顔を見せて言った男の子に、ひかるもお手本のような笑みを返す。

「昨日は本当にすごかったね。スリーポイント、全然はずさないし」

「それを言ったら内海くんのほうがすごかったよ。大きな大会出たことないなんて信じられない」

「そうそう、お前いったいどこの中学出身なんだよ」

三人はなごやかなムードで言葉を交わしている。その様子を私は、一歩離《はな》れた場所で感心しながら見つめていた。

背《せ》が高く顔立ちの整った三人は、ひかると春兄に対する身内の贔屓目《ひいきめ》を除《のぞ》いたとしても、気後れするくらい輝《かがや》いて見えた。

「……春兄《はるにい》、私先に行ってるね」

話が盛《も》り上がっているのを邪魔《じゃま》しないよう小声で言って、紙袋《かみぶくろ》を持った春兄の手をつつく。

「あ、ごめん。つい盛り上がって……」

「ううん、気にしないで」

むしろ話を中断させてしまった私のほうが申《もう》し訳《わけ》ない。

差し出された紙袋を受け取って、その場をあとにしようとする。

けれど、ふとなにやら熱い視線《しせん》を感じて、私は顔を上げた。

「…………」

視線の主は美少年、内海悠《うつみゆう》くんだった。彼《かれ》は食い入るように私の持つ紙袋を見つめている。

「一条金色卵《いちじょうこんじきたまご》……」

「え？」

ぽつりとつぶやかれた言葉に目を瞬《しばた》くと、彼は素早く口を手で押《お》さえた。そして一瞬《いっしゅん》目を泳がせたあと、ごまかすように口を開く。

「あー、えっと……三井先輩《みついせんぱい》の彼女《かのじょ》さんですか?」

「へっ?」

なにげなく問われた言葉に、すっとんきょうな声を上げてしまう。

「まっ、まさか! 違《ちが》います、ただの幼《おさな》なじみです」

荷物を持ってもらっていたから、勘違《かんちが》いしたのだろうか。春兄は親切心で持ってくれていただけなのに、そんな誤解《ごかい》をされては春兄に申し訳なさすぎる。

「へー」

必死になって否定《ひてい》する私に対し、尋《たず》ねたほうの内海くんはさして興味がなさそうに相槌《あいづち》を打つ。

「……こいつは紺野《こんの》さやか。ひかるの一つ歳上《としうえ》の姉だよ」

「え、姉妹なんですか」

春兄の言葉に、内海くんは少し驚《おどろ》いたように目を丸くした。

そのあとに続く言葉はなかったけれど、私には彼《かれ》の言いたいことが手に取るようにわかった。

『姉妹なのに全然似てない』

『妹は可愛《かわい》いのに』

これまで生きてきて、何度となく言われてきた言葉だ。今さら、傷《きず》つくようなこともないけれど。

「うん。よかったら、妹と仲良くしてやってね。それじゃあ、また」

「ああ、クッキー楽しみにしてるな」

笑顔で手を振《ふ》る春兄《はるにい》とひかるに手を振り返すと、私は三人に背《せ》を向けて下駄箱《げたばこ》へと歩いていった。

クッキーの材料の中には、卵《たまご》やバターなど冷蔵庫《れいぞうこ》に入れておかなければならないものがある。

教室へ行く前に、家庭科室へ食材を置きにいこう。

考えながら壁《かべ》に掛《か》けられた時計を見ると、予鈴《よれい》が鳴るまであと五分ほどしかなかった。

私は靴《くつ》を履《は》きかえると、急いで家庭科室へと向かった。

「やっ、やった……！」

放課後、おそるおそるオーブンから取り出したクッキーを目にして、思わず声に出して言った。

失敗を重ねること十数回。大量の材料たちを無駄《むだ》にしてしまったけれど、なんとかクッキーと呼《よ》べそうなものができあがった。

春兄、喜んでくれるかな。余熱を冷ましているあいだも、嬉《うれ》しくて椅子《いす》に座《すわ》ったままじっとクッキーを見つめてしまう。

早く渡《わた》したいけれど、春兄はまだ部活中だろう。

私たちの通う明林《めいりん》高校のバスケ部は、このあたりでは有名な強豪《きょうごう》だ。したがって、その練習は他の部活とは比にならないほど厳《きび》しい。今日、朝練がなかったことを考えると、練習が終わるのはかなり遅《おそ》くなってからかもしれない。

クッキーは、また明日渡そうかな。練習後にクッキーというのも口が乾《かわ》きそうだし、きっとそのほうがいい。

私はできあがったクッキーを袋《ふくろ》に入れると、帰り支度を始めた。部活に出ていたのは私だけだったので、帰るタイミングは自由なのだ。

先輩《せんぱい》たちがいた頃《ころ》は、楽しかったな……。仕方がないとわかってはいるのだけれど、ついそう思ってしまう。

家庭科部には先輩《せんぱい》が三人と、私のほかに同級生の部員が三人いた。けれど、先輩たちは来年大学受験があるからと、運動部の人たちより一足早く、去年の三月に部を引退してしまった。その頃《ころ》から、同級生の部員たちも家の用事などが忙《いそが》しくなってきて部を休むようになり、私はこうして一人で部活動をするようになってしまったのだ。

去年までは、部にも活気があって楽しくて。それを思うと、つい寂《さび》しくなってしまう。一年生が誰《だれ》か入ってきてくれればいいのだけれど、他の部活に比べると家庭科部は華《はな》やかさが足りないせいか、まだ見学に来てくれた子も一人もいない。

施錠《せじょう》を終えて校舎を出ると、もう日が傾《かたむ》きかけていた。春になり、暖《あたた》かくなってきたと思っていたけれど、このくらいの時間帯はまだ少し肌寒《はだざむ》い。家に向かう足取りは、自然と速くなった。

明林《めいりん》高校から私の家までは、徒歩で三十分ほどかかる。明林高校はこのあたりでは一番偏差値《へんさち》の高い高校だったため、私の通っていた中学ではここを第一志望にする同級生が多かった。

私は特別頭が良いほうではなかったため、この高校には受かるかどうかは微妙《びみょう》なところだったのだけれど、春兄《はるにい》と同じ高校に通いたくて必死で勉強して、なんとか合格することができたのだ。

茜色《あかねいろ》が町をすっかり染《そ》め上げた頃、閑静《かんせい》な住宅地《じゅうたくち》にある一軒家《いっけんや》に着いた。

広い庭付きの大きなレンガ造りの家。これが私の家だ。ヨーロッパの町にあってもとけこみそうな、このお洒落《しゃれ》な家は、建築家の両親がこだわって自分たちで設計して建てた家なのだそうだ。

「ただいま……」

ドアを開けて家に入ると、誰《だれ》もいないリビングに向かってつぶやく。ひかるはまだ帰ってきていないようで、窓《まど》からわずかに夕日が射《さ》すだけのリビングは、すでに薄暗《うすぐら》い。

電気をつけてカーテンを引き、なにげなくキッチンに目をやる。

「あれ……?」

キッチンは、昨晩《さくばん》散らかしてひかるが軽く片付《かたづ》けたままになっていた。

家事代行の杉谷《すぎたに》さん、まだなのかな……?

うちの家では、週に二回家事代行サービスに来てもらい、掃除《そうじ》や料理、洗濯《せんたく》などをしてもらっている。

鍵《かぎ》は預けてあるため、いつもは私が家に帰る頃には全て終えて帰っているのだけれど、どうしたわけか今日はまだ家に来た様子がなかった。

なにかあったのだろうか。事故になど遭《あ》っていなければいいのだけれど……。

そう考えていると、呼《よ》び鈴《りん》の軽快な音がリビングに響《ひび》き、ほっと息を吐《は》いた。きっと杉《すぎ》谷《たに》さんだ。

「はーい」

返事をしながら長い廊下《ろうか》を走り、ドアを開けて玄関《げんかん》を出た。

すると、見慣れた赤いギンガムチェックの三角巾《さんかくきん》が目に飛び込《こ》む。腰《こし》を曲げ、掃除《そうじ》道具の入ったバケツを持ち上げようとしていたその頭が、ゆっくりと上げられた。

「遅《おそ》くなって申《もう》し訳《わけ》ありません。家事代行サービス、ラビットの内海《うつみ》で――」

「え……内海くん？」

「は……？」

思わず声を漏《も》らした私に、目の前の人物は眉《まゆ》を寄せて軽く伏《ふ》せていた顔を上げる。

私と目が合うと、その目はゆっくりと見開かれ、次の瞬間《しゅんかん》さっと顔を青ざめさせた。

「……内海？　誰《だれ》のことですか？　すみません、ちょっと俺《おれ》、家を間違《まちが》えたみたいです。では」

「ち、ちょっと待って、内海くん！」

内海くんはバケツを持ったまま踵《きびす》を返そうとし、私はその腕《うで》を取ってあわてて引き止めた。

観念したように内海くんが振《ふ》り返ると、赤いエプロンの真ん中に描《えが》かれた家事代行サービス『ラビット』のイメージキャラクターであるラビットくんのあまり可愛《かわい》くない笑顔がこちらを向いた。

似合わない……。思わず見惚《みと》れるほど端整《たんせい》な顔立ちに、大きなウサギの顔が描かれた赤いエプロン、三角巾《さんかくきん》という出で立ちは、まるで違和感《いわかん》を絵に描《か》いたかのようだった。

「……紺野《こんの》さんのお姉さん。えーっと、名前は……」

「さやかです」

名前を覚えていなかったのか、考えるように言いよどんだ彼《かれ》に軽くお辞儀《じぎ》をして言う。

すると内海くんは、素早く両手を伸《の》ばして私の手を取った。

「さやか先輩《せんぱい》、お願いします。俺《おれ》がこのバイトしてるの、誰《だれ》にも言わないでいてくれませんか？」

「え……？」

突然《とつぜん》間近に迫《せま》った綺麗《きれい》な顔とその言葉に戸惑《とまど》い、思わず目を瞬《しばた》く。

「うちの高校、バイト禁止じゃないですか」

「あ、そっか」

「お願いします！　俺、このバイトを辞めるわけにはいかないんです……！」

「内海《うつみ》くん……」

真剣《しんけん》な眼差《まなざ》しで私を見つめる内海くんを、困惑《こんわく》しつつ見返す。

よくわからないけれど、何か事情がありそうな様子だ。

「わかった。誰《だれ》にも言わないよ」

「ありがとうございます」

安心させるように微笑《ほほえ》んでみせると、内海くんはほっとしたように笑みを広げた。

「それじゃあ、早速ですけど仕事に取《と》り掛《か》からせてもらいます」

「うん、よろしくお願いします」

バケツを持った内海くんを家の中へと迎《むか》え入《い》れ、そのままリビングへと案内する。

「でも、どうして今日の担当《たんとう》は内海くんだったの？　いつもは杉谷《すぎたに》さんが来てくれるんだけど……」

「ああ、それは杉谷さんの息子が急に風邪《かぜ》ひいたとかで…………」

リビングに入った内海くんが、突然言葉を途切《とぎ》らせた。

「……内海くん？」

「な、なんやこれは……」

内海くんは手に持っていたバケツを落とし、わなわなと震《ふる》えながらつぶやいた。念のため周りを見渡《みわた》してみるけれど、もちろんほかに人の姿《すがた》はない。

この関西弁は、本当に目の前の美少年の口から出たものなのだろうか。信じられない気持ちで内海くんを見つめていると、彼《かれ》はふらつきながらキッチンに足を踏《ふ》み入《い》れた。

「ブライト社の四口コンロ『グレイシア』が……どうやったらこない煤《すす》だらけになるんや……」

「グ、グレイシア……？」

かすかに聞こえてきた声に、混乱《こんらん》したまま聞き返す。すると内海くんは、我《われ》に返ったように肩《かた》を揺《ゆ》らしてこちらを振《ふ》り返った。その顔は少々《しょうしょう》青ざめてはいるものの、なにごともなかったかのように笑みを浮《う》かべていた。

「い、いえ……それじゃあ今から綺麗《きれい》にしますんで、さやか先輩《せんぱい》は外に……」

「う、うん……」

やんわりとキッチンを追い出されてしまい、釈然《しゃくぜん》としないままリビングのソファに腰《こし》掛《か》けた。大きく息を吐《は》いて、やわらかいソファに体を沈《しず》める。

ブライト社の四口コンロ『グレイシア』。私は聞いたこともないけれど、世間では有名なのだろうか。それとも、ひょっとして内海くんは家電オタクなのだろうか。

首を傾《かし》げつつ、ちらりとキッチンに目を向ける。内海《うつみ》くんはいつの間につけたのか、マスクとゴム手袋《てぶくろ》を装着《そうちゃく》し、驚《おどろ》くほど手際《てぎわ》よくキッチンを片付《かたづ》けていた。

私はその動きに目が釘付《くぎづ》けになり、追い出されたことも忘《わす》れて吸《す》い寄《よ》せられるようにキッチンへ向かった。

「うわあ、早い！　さすがプロだ……！」

対面カウンターから身を乗り出して言うと、内海くんはよほど集中していたのか、私の声にびくりと身体《からだ》を震《ふる》わせた。それから、おそるおそるといったふうに私を振《ふ》り返《かえ》る。

「そこにあった黒い跡《あと》って、ずっと取れなかったから傷《きず》なのかと思ってたけど、汚《よご》れだったんだね。まだ掃除《そうじ》始めてすぐなのに、もうこんなに取れててすごい！」

つい興奮《こうふん》して、勢い込《こ》んで話してしまう。

内海くんは怒《おこ》ったような、それでいて困《こま》ったようにも見える顔をして私に背《せ》を向けた。

「まあ……それは仕事やから……」

内海くんの背中《せなか》を見つめながら、内心首を傾《かし》げる。聞き間違《まちが》いではなく、またしても話す言葉が関西弁になっていた。

内海くんは関西の出身なのだろうか。でも、それならどうして普段《ふだん》は標準語で話しているのだろう……。

気になるけれど、さっきの内海くんの様子からして、あまり聞いてほしくなさそうにも見えたので、その問いは心の中にしまっておくことにした。

「――よし。キッチンの片付《かたづ》けはこれくらいでいいですかね？」

キッチンの片付けを始めてから二十分ほど経《た》った頃《ころ》、満足そうな笑みを浮《う》かべて内海くんがこちらを振《ふ》り返った。

「お疲《つか》れさま！　すごいね、換気扇《かんきせん》までピカピカだ！」

「べ、べつに、そんなほめるほどのものでもないですけど……」

内海くんはそっぽを向いて、少し照れくさそうに首に手を当てる。

キッチンはまるで大掃除をしたあとのように、どこもかしこも綺麗《きれい》になっていた。これは家事代行サービスでやってもらえる掃除《そうじ》の域《いき》を軽く超《こ》えていると思う。

こんなに綺麗《きれい》にしてもらったのだし、なにかお礼がしたいな……。

「そうだ、内海《うつみ》くん。お礼にクッキーでも食べない？」

「クッキー？」

「うん。人にあげるから、味見してほしいっていうのもあるんだけど……」

きょとんとした顔で振《ふ》り向《む》かれ、少し頬《ほお》を熱くして笑った。内海くんはそんな私を見て、一瞬《いっしゅん》考えるように視線《しせん》をさまよわせたが、すぐに小さくうなずいてみせた。

「……いいですよ」

「本当に⁉ これなんだけど……」

いそいそと鞄《かばん》の中からクッキーの入った紙袋《かみぶくろ》を取り出す。そして棚《たな》からお皿を一枚《まい》取ると、袋《ふくろ》を傾《かたむ》けて中身を出した。クッキーがお皿にぶつかる硬《かた》い音がキッチンに響《ひび》く。

「どうぞ」

「……これは、何ですか？」

皿に載《の》った不恰好《ぶかっこう》な茶色い塊《かたまり》を指さして内海くんが聞く。

「クッキーだけど……？」

「ありえへん……料理の神への冒瀆《ぼうとく》や……」

内海くんはわずかにたじろぐと、震《ふる》える声でつぶやいた。

「あ、あの、内海くん……?」

「一条金色卵《いちじょうこんじきたまご》」

「え?」

「使《つこ》うてたやろ⁉　一条金色卵!」

キッと目を吊《つ》り上げてこちらを見た内海くんに、私は思わずあとずさった。

そういえば、内海くんと今朝初めて会ったとき、そんなことを言っていたような。ぼんやりとした記憶《きおく》をたどっていると、内海くんはくっと悔《くや》しそうな声を上げてシンクに両手をついた。

「あの高級卵をこんな姿《すがた》に変えてしまうやなんて……むごい……むごすぎる……」

「えーっと、内海くん……?」

すっかりしぼんでしまったその背中《せなか》に、おそるおそる声をかける。

内海くんは振り返るや否《いな》や、クッキーを手にこちらにつめよってきた。背《せ》の高い彼《かれ》に真上から見下ろされると、威圧感《いあっかん》から無意識に首がすくんだ。

RABBIT

「クッキー言うたら、普通《ふつう》サクサクした食感がうりやろ？」

「へ……う、うん？」

「それが、なんですかこれは。石か？　こんなん食うたら、歯ぁかち割《わ》れますよ」

そう言いながら内海くんはクッキーをシンクに叩《たた》きつけてみせる。なかなかの力で叩きつけているようだが、クッキーは不恰好《ぶかっこう》な形のままひび割れることすらない。

「ええですか、今度こない無駄遣《むだづか》いしたら――」

内海《うつみ》くんが何か言いかけたところで、突然鈍《とつぜんにぶ》い音がリビングに響《ひび》いた。同時に、目の前から内海くんの姿が消える。

その代わりに私の目の前に立っていたのは、いつの間にか家に帰ってきていたらしいひかるだった。

「大丈夫《だいじょうぶ》？　お姉ちゃん」

ひかるは昨晩《さくばん》私が使おうとして使えなかった消火器を手に立っている。

はっとして自分の足元に目をやると、内海くんは頭を抱《かか》えたまま声もなくうずくまっていた。その姿に全身の血の気《け》がひいていくのを感じた。どうやらひかるは、消火器で内海くんの頭を殴《なぐ》ってしまったみたいだ。

「どうしよう、冷やさなきゃ！　水⁉」

半《なか》ばパニックに陥《おちい》りながら手にしたのは、これまた昨晩ひかるが火を消すのに使った鍋《なべ》で、私はそれに水を入れると内海《うつみ》くんの頭めがけて勢いよくかぶせた。

そこでようやく我《われ》に返る。

「ごめん、内海くん！　水浸《みずびた》しにしちゃった……！」

「……内海？」

鍋を落として口を押《お》さえた私を、ひかるが怪訝《けげん》そうに見た。内海くんは小さくうめきながらこちらを見上げてくる。

「おまえら姉妹……いつか、殺、す……」

「わあぁ、内海くん！　死んじゃだめー！」

不穏《ふおん》な言葉とともに水たまりに倒《たお》れ込《こ》んだ内海くんを、私は悲鳴を上げて揺《ゆ》さぶった。

それから一時間後、私は内海くんの横たわるソファの前に正座《せいざ》して頭を下げていた。

「あの、内海くん。本当にすみませんでした……」

お父さんのジャージに身を包み、保冷剤《ほれいざい》を頭に当てた内海くんは、私の言葉に無言でそっぽを向く。すると、ダイニングテーブルに腰掛《こしか》けていたひかるが、カップラーメンをすすりながらこちらを振《ふ》り返《かえ》った。

「まあまあ、そんなに怒《おこ》らないで。お姉ちゃんだって悪気があったわけじゃないんだから、許してあげなよ」

「おい、なんでおまえは他人事《ひとごと》なんや。どっちかて言うたら、お前のほうが酷《ひど》かったやろ」

「だって不審者《ふしんしゃ》かと思ったんだもん。仕方ないじゃん」

悪びれないひかるの様子に内海くんは一度口を開くが、諦《あきら》めたように何も言わず口を閉《と》ざした。

「ねえ、でもなんであんたこんなバイトしてんの？　その関西弁もなんなの？」

ひかるは完全に面白がっている口調で尋《たず》ねる。

「……おまえには関係ない」

内海くんはうるさそうに顔をしかめた。

「ふーん？　じゃあ、先生にバイトのこと言ってもいいんだ？」

「ちょ、ちょっとひかる」

あわててたしなめるけれど、ひかるは不敵な笑みを浮《う》かべたまま内海くんを見下ろしている。内海《うつみ》くんは身体《からだ》にかけられたタオルケットを悔《くや》しそうに握《にぎ》りしめた。

しかし、やがて観念したようにため息をつくと、ぽつりぽつりと話し始めた。

「俺《おれ》は……高校上がるまで、大阪《おおさか》の赤坂村《あかさかむら》言うとこで、家族十人で暮《く》らしててん」

「ぶ……っ村⁉　しかも十人家族って」

「ひかる……」

出だしで大きく噴《ふ》き出《だ》したひかるを、困《こま》りきって見つめる。

決して悪い子ではないのだけれど、ひかるは猫《ねこ》をかぶっていないときは少しデリカシーがない。

内海くんは少しひかるを睨《にら》んだだけで、そのまま話を続ける。

「……じいちゃんとばあちゃんと、おとんとおかん、それに弟が三人と妹が二人、うちにはおった。そん中で俺の三つ歳下《としした》の弟は、少年野球のチームに入っとったんやけど、才能あるからて東京に行くコーチが一緒《いっしょ》に来いて誘《さそ》ってくれたんや」

「へぇー、すごいね！　みんな喜んだんだろうねえ」

ほのぼのとした家庭が頭に思い浮《う》かび、思わず顔をほころばせる。

「たしかにめでたいことや。弟も将来《しょうらい》プロ野球選手になりたいて昔からずっと言うとったし。……せやけど、いかんせんうちには金がなかった」

「……へ」

一気に暗くなった内海くんに、目を瞬《しばたた》く。

「誘ってくれた言うても、コーチが金出してくれるわけやない。ほんで、うちはさっき言うたとおりの大家族やし、親の仕事も農業でたいして稼《かせ》ぎにならへん。せやから俺が弟と一緒に上京して、親戚《しんせき》が経営しとるこの家事代行サービスの会社でバイトして、弟と自分の分の生活費とか稼いでんねん」

「……現代版おしん……」

ひかるがずずっとラーメンの汁《しる》をすすりながらつぶやいた。

「月、いくらくらい稼がなきゃいけないの？」

ためらいつつも尋《たず》ねてみると、内海くんはため息をついてソファに顔を埋《うず》めた。

「……少なくとも、十万はいる」

「えー、それならあんた、バスケ部とか絶対無理じゃん。どうすんの？」

「それはええねん、バスケ部はもともと入る気なかったし」

「は？　それならなんでバスケ部の体験にいたの？」

「……体験入部でバスケうまいとこ見して、田舎《いなか》もんやて舐《な》められへんようにしとこて思うとったんや」

「ぷっ、あはは！　もしかして、それで関西弁も隠《かく》してんの？」

ひかるの言葉が図星だったのか、内海《うつみ》くんは無言のまま眉《まゆ》を寄せて口を閉《と》ざした。

「はー、おかしい。てか、あんたいつまで寝《ね》てんの？　私そろそろお腹空《なかす》いたんだけど」

「は⁉　おまえ今、カップラーメン食ってたやろ⁉」

ひとしきり笑ったあと、顔に笑いを残したまま言ったひかるに、内海くんはゆっくりと身体《からだ》を起こしながら返す。

「途中《とちゅう》で帰ったあんたと違《ちが》って、最後まで部活して帰った私は疲《つか》れてお腹減ってるの。いいから作りなよ、仕事でしょ」

「ひっ、ひかる」

箸《はし》で内海くんを指すひかるの腕《うで》を、あわててしがみついて下ろさせた。

下手《へた》すれば警察沙汰《けいさつざた》の暴力をふるっておいて、料理を作らせるなんてできるはずがない。

「内海くん、ひかるの言うことは気にしないで。今日はもう帰っていいから。本当にごめん」

「…………」

「……内海くん？」

無言のままふらりと立ち上がった内海くんを、首を傾《かし》げて見上げる。彼《かれ》はそのままキッチンへと歩いていき、ぎゅっと腕まくりした。

「……ええですよ、作ります」

内海くんは仕方なさそうにため息をついてみせる。しかし、目はちらちらとコンロに向けられており、その頰《ほお》はわずかに赤らんでいた。

どうやら彼は、コンロが使いたかったらしい。

「わあー、美味《おい》しそう！　これ、なんて料理？」

「……ラタトゥイユ。南仏料理や」

「ラタトゥイユ⁉　南仏料理……⁉」

ものの三十分ほどで用意されたのは、これまで見たことも聞いたこともない料理だった。

彩《いろど》り豊かな見た目に、オリーブオイルとバジルのいい香《かお》りが食欲《しょくよく》をそそる。

いったいどんな味がするんだろう。わくわくしながらスプーンですくって一口食べてみる。

「美味《おい》しい……！」

均等に切られた野菜は食感がよく、唐辛子《とうがらし》のピリッとした味がちょうどいいスパイスになっている。

「意外。あんた料理得意だったんだ」

表情を変えずに食べ進めながら、ひかるが内海《うつみ》くんに目をやった。

「そうだ、内海あんた家庭科部入ったら？」

「は？」

「……ひかる？」

唐突《とうとつ》なひかるの提案に、スプーンを持つ手を下ろす。

「バスケ部入らないって言ってたけど、うちの高校、生徒は全員どこかの部に所属しなきゃいけないでしょ？　家庭科部、ぴったりじゃん」

ひかるはにやりと笑って、ダイニングテーブルの横に立つ内海くんの顔をのぞきこんだ。

「……なに言うてん、絶対嫌《いや》やわ」

内海くんは苦虫《にがむし》を噛《か》みつぶしたような顔で答えた。

「えー、なんで？」

「なんでて、そこらの主婦より家事できる男子高校生とかダサいやん」

「そこらの主婦より家事できるって……自分で言っちゃうんだ」

「……なんか言うたか？」

小声で言ったひかるを内海くんが睨《にら》んだ。しかしひかるは素知《そし》らぬ顔でラタトゥイユを食べ続ける。

私はそんな二人を眺《なが》めつつ、ぽつりとつぶやいた。

「べつに、全然ダサくないと思うけど……」

「は……？」

私の言葉に内海くんは虚《きょ》をつかれたように目を瞬《しばたた》く。

「今日一日、内海くんの仕事ぶり見てたけど、てきぱきしててかっこよかったから。私は全然ダサくなんかないと思うよ」

できることなら、ほんの少しでいいからその才能を分けてもらいたいくらいだ。心の中でそんなこと思いつつ、内海くんを見上げる。

内海くんはなぜか目を丸くしたまま固まっていた。

「――っ帰る！」

けれど、次の瞬間怒鳴《しゅんかんどな》るようにそう言って、掃除《そうじ》道具の入ったバケツを手に取ると、風のように去っていった。

「え……どうしよう、私なにか怒《おこ》らせちゃったかな……」

不安になりひかるを窺《うかが》うと、ひかるは頬杖《ほおづえ》をついて小さく息を吐《は》いた。

「お姉ちゃん……私、お姉ちゃんのそういうところ好きだよ……」

「……どういう意味？」

「いいのいいの、お姉ちゃんはそのままでいてね」

どこか達観したような笑みを漏《も》らし、ひかるは空《から》になった食器を手に立ち上がった。

◆

「内海《うつみ》くん！」

明くる朝、多くの生徒が教室へと向かう中、こみあげてくるあくびを噛《か》み殺しながら下駄箱《げたばこ》へと向かっていた俺《おれ》は、正面から駆《か》けてくる女子生徒を目にしてぎくりと肩《かた》を揺《ゆ》らした。

彼女《かのじょ》の名前は紺野《こんの》さやか。俺の中の気に食わない女ランキングで、現在ぶっちぎりの一位にいる女だ。

初めて会ったときは、特に可愛《かわい》いわけでもない、パッとせん女やなと思っただけだった。

問題はそのあとだ。金持ちの娘《むすめ》らしいこの女は、俺が憧《あこが》れてやまない有名メーカーのコンロを真っ黒に汚《よご》して、さらには高級食材をふんだんに使って信じられないほど不味《まず》そうなお菓子《かし》を作り上げたのだ。

俺のような貧困《ひんこん》に喘《あえ》ぐ社会的弱者にとってすれば、それはあり得ない暴挙だった。

さやか先輩《せんぱい》は俺の前まで走ってくると、手にしていた紙袋《かみぶくろ》をこちらに差し出してきた。

「あのね、内海くん。これ、昨日うちに忘《わす》れてったエプロンと……」

「――っ先輩！」

「は、はいっ？」

あわてて大声で話をさえぎると、先輩は驚《おどろ》いたように目を丸くした。その姿《すがた》に舌打ちしたくなる気持ちをぐっとこらえ、素早くあたりを見渡《みわた》す。周りにいた数人の生徒は、興《きょう》味津々《しんしん》といった様子でちらちらとこちらを窺っている。

この状況《じょうきょう》は非常によろしくない。このままやと、変な誤解《ごかい》を生んでしまう。

「……さやか先輩《せんぱい》。ちょっと来てください」

俺《おれ》は努めて穏《おだ》やかな笑みを浮《う》かべると、さやか先輩を手招きした。先輩は戸惑《とまど》っているようだったが、俺が背《せ》を向けて歩き出すとあわてたようにうしろを追いかけてくる。

しばらく歩くと、廊下《ろうか》の突《つ》き当《あ》たりにある美術室前にたどり着いた。

ここなら人気《ひとけ》もないし、大丈夫《だいじょうぶ》やろ。

俺はずっと抑《おさ》えていた苛立《いらだ》ちを露《あら》わにして、さやか先輩を振《ふ》り返《かえ》った。

「先輩、どういうつもりですか？」

「ど、どういうって……」

さやか先輩は俺の剣幕《けんまく》に面食らった様子で、数度瞬《まばた》きを繰《く》り返す。

「あんな人がおるところでこんなん渡《わた》して、変な噂《うわさ》たったらどうしてくれるんですか！」

「変な噂？」

「先輩の家にエプロン忘《わす》れたとか、何も知らん人が聞いたらおかしい思うやろ⁉」

「あ……そっか」

さやか先輩は、ここまで言ってようやく気が付いたようにうなずいた。

その反応にまたしても苛《いら》つきつつ、深いため息をつく。

「とにかく、俺のバイトに関することは一切他言無用でお願いします」

「わかった、気をつけるよ。ごめんね」

俺の言葉にさやか先輩は、落《お》ち込《こ》んだ様子で頭を下げる。それを目にした俺は、なんともいえない罪悪感に襲《おそ》われ言葉を詰《つ》まらせた。

この姿《すがた》、なにかと重なるような……。

その既視感《きしかん》が、なぜか俺の胸《むね》を刺《さ》す。けれど、それがなんなのか思い出せそうで思い出せない。そういえば、同じ感覚を昨晩《さくばん》も味わった。

せやけど俺は、べつに間違《まちが》ったことは言ってないはず。

「ほんなら」

俺は先輩の手から紙袋《かみぶくろ》を奪《うば》うと、逃《に》げるようにしてその場をあとにした。


「あれ、内海くん。その紙袋どうしたの？」

放課後、背後《はいご》からかけられた声に、俺はまたしてもぎくりと肩《かた》を揺《ゆ》らした。しかし、あわてて振り返った先にいた人物を目にするなり脱力《だつりょく》する。

「おまえ……」

「あれ、どうかしたの？　なんか、眉間《みけん》に皺《しわ》寄ってるよ？」

にこりと綺麗《きれい》な笑みを浮《う》かべてこちらに歩み寄るのは、紺野《こんの》さやかの妹、ひかるだった。

「べつに、何もない」

「ぶ……っ、標準語」

平静を装《よそお》って返した俺《おれ》を、ひかるは小声で馬鹿《ばか》にしたように笑う。

美人で、スタイルも愛想もいいひかるを、実は出会った当初は少し狙《ねら》っていた。

せやのにその実態はこれか……。俺は窓《まど》の遠く向こうを見つめてため息をついた。

「ねえ、ところでどうするの？　家庭科部」

「……入らないって言ってるだろ」

「えー、せっかくお姉ちゃん、クッキーのリベンジするって言ってたのになあ。それじゃあまた失敗しちゃうよ」

「な……っ」

脳裏《のうり》をよぎるのは、昨日目にした一条金色卵《いちじょうこんじきたまご》と石のように固くなったクッキー。

まさか、あの女はまたあの高級食材を無駄《むだ》にするつもりなんか。

そう思うと同時に、足が勝手に家庭科室へと向く。しかし、その足はすぐに止まった。

「どうしたの？」

「……いや、やっぱり俺は行かない」

不思議そうに尋《たず》ねられ、ぐっと拳《こぶし》を握《にぎ》りしめて答える。

そう、俺には今日『何よりも優先《ゆうせん》すべき用事』があるんや。あんな女のお菓子《かし》作りに付《つ》き合《お》うてる暇《ひま》はないねん。

「あ、そ。それならいいや、じゃあまたね」

「はっ⁉」

あっさりと引き下がったひかるに、思わず目を見開く。正直もう少し引き止められるかと思っていた。なんて薄情《はくじょう》な妹なんや。

すたすたと自分に背《せ》を向けて歩き去る背中《せなか》を、俺は信じられない思いで見送った。

◇

放課後、誰《だれ》もいない家庭科室で、今日も一人きりの部活動が始まった。

今日こそ美味《おい》しいクッキーを作って、春兄《はるにい》に渡《わた》すぞ。

気合を入れて腕《うで》まくりすると、材料と道具とを机《つくえ》の上に並《なら》べる。

最初はバターと砂糖《さとう》を混ぜ合わせる、と。

開いた料理本を読みながら、材料をボウルに入れていく。

次は薄力粉《はくりきこ》とベーキングパウダーを入れて……。

「あっ、入れ過ぎた……！」

袋《ふくろ》に入った薄力粉をボウルに入れていると、粉の塊《かたまり》がボウルに落ちて、思わず声を上げた。すると、背後《はいご》で家庭科室のドアが大きな音を立てる。

不思議に思い、しばらくドアを見つめてみるけれど、誰《だれ》も入ってくる様子はない。

風だろうか。入部希望の一年生だったらよかったのにな……。

残念に思いつつ、視線《しせん》を戻《もど》して木ベラを手に取った。そしてボウルに入った材料をかき混ぜていく。しかし、どういうわけかうまく材料が混ざらない。

私はしばらく木ベラをがたがたとボウルに打ち付けていたが、ふとあることを思いついて木ベラから手を離《はな》した。そうだ、混ぜるのならあれがあるじゃないか。

顔を輝《かがや》かせて手に取ったのは、最新型のハンドミキサーだ。コンセントをつなぎ、スイッチを押《お》すとハンドミキサーは静かに、しかし力強く回転を始める。

これならすぐに混ぜられそうだ。私は上機嫌《じょうきげん》でハンドミキサーをボウルに近付けた。

「――止《や》めろ！」

その瞬間《しゅんかん》、勢いよく扉《とびら》を開ける音が教室中に響《ひび》き渡《わた》った。驚《おどろ》いて振《ふ》り返《かえ》った先には、悔《くや》しそうな顔をした内海《うつみ》くんの姿《すがた》がある。

「もう見てられへん……っ！」

絞《しぼ》り出《だ》すような声でそう言うと、内海くんはつかつかと私に歩み寄ってくる。

「さやか先輩《せんぱい》、あんたあほですか」

「は、はい？」

「昨日、あんだけ俺《おれ》がクッキーの固さ指摘《してき》したのに、この耳は飾《かざ》りもんですか？」

言うなりぎゅっと両手で耳を引っ張られる。

「ええですか、お菓子《かし》作りで使うヘラ言うたら、普通《ふつう》木ベラやなくてゴムベラです。ほんでこの段階《だんかい》でハンドミキサー使うやつがあるか。ここはゴムベラでさっくり混ぜるだけでええねん。そんなんするから固《かた》うなるんや！」

内海くんは堰《せき》を切ったように一気に話した。そして私の耳を離すと調理台に向き直る。

「横着せんと、粉もんはふるいでふるって。ほんで材料はみんな先にきっちり分量計って皿に分けとく。そしたらスムーズにできるでしょう」

「わあ……」

私は怒《おこ》られていたことも忘《わす》れて、思わず感嘆《かんたん》の息を漏《も》らした。内海《うつみ》くんが手際《てぎわ》よく料理をする様は、まるで料理番組を見ているかのようで、目が離《はな》せなくなる。

つい内海くんの手元を見つめてしまっていると、内海くんは少し得意げにふんと鼻を鳴らした。

料理ができることを『ダサいやん』と内海くんは言ったけれど、私はやっぱりそうは思わなかった。標準語ですました顔をしている内海くんも、それはそれでもちろんかっこいいのだけど、私は関西弁で楽しそうに料理をしている内海くんのほうが好きだと思った。

まあ、私一人が好きだと言ったところで、彼《かれ》にとってはなんの慰《なぐさ》めにもならないのだろうけれど。

◆

やった。やってしまった。

「すごい、サクサクしてる！　美味《おい》しい！」

目の前で嬉《うれ》しそうにはしゃぐ姿《すがた》から視線《しせん》をそらし、深くため息をつく。

こんなつもりやなかったのに。ほんのちょっと、様子を見るだけのつもりやったのに。

「もうこんな時間やなんて、ありえへん……」

「えっ！　も、もしかして内海くん、今日バイトだったりした……？」

小声でこぼした言葉に、さやか先輩《せんぱい》が顔を青ざめさせる。

「ちゃいますよ。先輩やないんですから……バイト忘れるほどぼけてません」

「じゃあどうしたの？」

軽くけなしたのはスルーでええんかい。心の中でつっこみながら、机《つくえ》に突《つ》っ伏《ぷ》す。

「夕方四時のタイムセール……卵《たまご》が一パック八十八円で買える大チャンスやったのに……」

もう、すべてがどうでもええ……。

「ごめんね、私の手伝いしたせいでこんな……」

しゅんとして謝る先輩の顔を、机に頭を預けたままじっと見つめる。

ああ、そうや。わかった。柚《ゆず》に似とるんや……。

一番下の、今年八歳《さい》になったばかりの妹。可愛《かわい》さはもちろん妹とは比べものにならないが、妹もいつもこうして俺《おれ》の料理する様子を顔を輝《かがや》かせて見ていた。落《お》ち込《こ》んだり、無《む》邪気《じゃき》にはしゃいだり、ころころと忙《せわ》しなく表情が変わるところなんかも似ていなくはない。

柚……元気やろか……。落ち込みついでに軽くホームシックになり、もう一度深いため息をついた。

すると目の前でなぜか一緒《いっしょ》に落ち込んでいたさやか先輩《せんぱい》が、あっと声を上げた。

「そうだ！」

なにをする気かと目で追っていると、さやか先輩は小走りで冷蔵庫《れいぞうこ》にかけより小さな箱を取り出した。

「そ、それは……！」

「今日使った卵《たまご》の余り。よかったらお礼に持って帰って」

そう言って差し出された箱を、俺は震《ふる》える手で受け取った。

一条金色卵《いちじょうこんじきたまご》。しかもこれは『極《きわみ》』の文字が入った最高級品だ。

「え、ええんですか？　あとで返せ言われても返しませんよ？」

「返せなんて言わないよ」

さやか先輩はぷっと軽く噴《ふ》き出《だ》して言った。不覚にも、その笑顔を俺は少し……ほんの少しだけ可愛いと思ってしまった。

だから、そのあとに口にした言葉も、ほんの出来心だった。

「あの、先輩。もし……」

◇

「あ、お姉ちゃんお帰りー。今日は遅《おそ》かったね」

家に帰るとスマートフォンをいじりながらソファで寝転《ねころ》んでいたひかるが、顔だけこちらに向けて声をかけてきた。

「ちょっと手続きしてたら遅くなっちゃったんだ」

「手続き？　もしかして、新入部員でも入った？」

「うん」

ひかるの言葉に笑顔で答えて、ローテーブルの前に膝《ひざ》をつく。

テーブルの上にはコンビニの袋《ふくろ》があり、中にはパスタやサラダが入っていた。

「あ、それ今日の晩《ばん》ごはん」

ひかるはそう言うなり、勢いをつけて身体《からだ》を起こす。

「よかったね、お姉ちゃん。どんな子なの、その新入部員。可愛《かわい》い？」

私が手にしていたおにぎりをさりげなく奪《うば》い、包装紙《ほうそうし》を破きながら尋《たず》ねる。

「うーん、そうだなあ……」

私はひかるの言葉にふふっと笑いをこぼした。

「可愛い子だよ。見た目も、中身も」

噂《うわさ》のあいつと幽霊《ゆうれい》部員！

ああ、俺《おれ》はいったい何をしてんねやろか。

ミシンのけたたましい音を聞きながら、顎《あご》を机《つくえ》の上に乗せてため息をついた。隣《となり》では、家庭科部部長の紺野《こんの》さやか先輩《せんぱい》が真剣《しんけん》な表情でミシンの上の布を滑《すべ》らせている。

約二週間前、俺はこの地味で冴《さ》えない部活、家庭科部に入ることになった。

『もし材料余ったら、俺が持って帰ってもええですか？』

そんな交換《こうかん》条件を、さやか先輩が一も二もなく了承《りょうしょう》したからだ。

外からは野球部が球を打つ音や、女子テニス部の楽しそうな笑い声が聞こえてくる。

ああ、ええな。俺もそっちに混ざりたいわ……。

大阪《おおさか》の田舎《いなか》からこちらへ出てくるときは、華《はな》やかなアーバンスクールライフが待ち構えているのだと信じて疑《うたが》わなかった。それなのに、どうしてこんなことになったのか。

もう一つため息をつくと、なにげなく隣に目をやる。その瞬間《しゅんかん》、全身から血の気《け》が引くのを感じた。

「わっ」

ミシンの電源《でんげん》ボタンを叩《たた》いて止めると、さやか先輩《せんぱい》が驚《おどろ》いたように声を上げる。

「この……っどあほ！」

俺《おれ》は椅子《いす》を蹴《け》り倒《たお》して立ち上がった。

「……へ？」

「指！　一緒《いっしょ》に縫《ぬ》う気ですか⁉」

「あ……」

ミシンに乗ったさやか先輩の手を指さして叫《さけ》ぶように言うと、さやか先輩の表情が凍《こお》る。

「あ、ありがとう内海《うつみ》くん……」

「……先輩。俺、先輩の作るもんがどうなってもべつにええですけど、流血沙汰《ざた》だけは勘弁《かんべん》してくださいよ。面倒《めんどう》なんで」

蹴り倒した椅子を戻《もど》して、座《すわ》り直しながら先輩を睨《にら》む。さやか先輩は申《もう》し訳《わけ》なさそうに身を縮《ちぢ》こまらせた。

この二週間一緒に部活をして改めて思ったが、さやか先輩は驚くほど不器用だ。料理も裁縫《さいほう》も掃除《そうじ》も、なに一つ満足にこなせない。そのうえさっきのように、あわや大惨事《だいさんじ》といったミスをしょっちゅうする。

それを間近で見せられる、こっちの気にもなってもらいたい。ストレス手当てでも請《せい》求《きゅう》したろか。

俺は無言で前に向き直ると、自分のミシンに手を掛《か》けた。

「そういえば、内海くんはなに作ってるの?」

早々《そうそう》に気を取り直して笑顔を向けてきたさやか先輩を、思わずじっとりと睨んだ。しかし先輩はそんな俺には負けず、にこにこと笑顔のまま俺の返事を待っている。

先輩は、ぼけてるのかなんなのか、こういうときは妙《みょう》に打たれ強い。

俺は諦《あきら》めて息をつくと、完成間近のそれを軽く広げてみせた。とたんに先輩は顔を輝《かがや》かせて歓声《かんせい》を上げる。

「わあ、可愛《かわい》い! 妹さんの服?」

「そう、柚《ゆず》の」

そっけなく答えて、すぐに広げたワンピースをミシンの台に載《の》せる。

今日はさやか先輩が巨大《きょだい》な青い布を持ってきて、縫い物をすると言い出したため、俺は先輩から布を三分の二ほどもらって柚のワンピースを作っていた。

服を作るのは、これが初めてではない。うちの実家はど田舎《いなか》で、洒落《しゃれ》た服なんてものはどこにも売っていなかった。そのため俺《おれ》は昔から、買ってきた布で有名ブランドの服を見本に型紙を作り、よく家族の服を縫《ぬ》っていたのだ。

「……ちなみに先輩《せんぱい》は、なに作ってはるんですか？」

「え、これ？」

俺が尋《たず》ねると、さやか先輩は能天気な顔でへらっと笑う。

「えへへ、秘密《ひみつ》！」

なんやろう。この顔、無性《むしょう》に腹《はら》が立ってくる。

眉《まゆ》を寄せて先輩の布に手を伸《の》ばした。

「エプロン……？」

「あっ、ちょっと返して！」

裾《すそ》はガタガタだし、腰《こし》の紐《ひも》の部分は左右で思いっきりずれているが、ぎりぎりそれがエプロンであることは認識《にんしき》できた。

さやか先輩は顔を真っ赤にして、俺の手からエプロンを奪《うば》う。

「ま、まだこれは最終形態じゃないから！　これからだから！」

最終形態ってなんやねん。戦隊モノのロボットかい。

心の中でつっこみながら、俺は再びミシンを動かし始めた。そして最大速度で動くミシンの針《はり》を眺《なが》めながらふと思いつく。

あのエプロン、まさか俺のか……？

大きさも色のチョイスも、あれは明らかに男物だ。加えて俺は家庭科部で料理をするとき、エプロンはしていない。ラビットくんとかいう、ふざけたウサギの顔が描《か》いてある赤いエプロンしか持っていないからだ。

俺はミシンを止めて糸を切りながら、こっそりと隣《となり》を盗《ぬす》み見た。

さやか先輩は、ミシンの速度を先ほどよりゆっくりのペースに変えて、エプロンを縫っている。

この不恰好《ぶかっこう》なエプロンを俺に着ろというのか。

そんなん、ありえへん。絶対着いひんわ。

「さーやーかっ！」

不意に扉《とびら》を開ける音がして、数人の女子生徒が教室に入ってきた。さやか先輩はミシンを動かしたまま目を見開いて固まり、俺は無言で先輩のミシンの電源《でんげん》を切った。

「みんな……どうしたの？」

笑顔で近付いてくる女子生徒たちに、さやか先輩《せんぱい》が尋《たず》ねる。すると、彼女《かのじょ》たちは甲高《かんだか》いはしゃいだ声で笑い合った。

「やだ、どうしたのってひどーい」

「私たちみんな同じ家庭科部じゃん！」

その言葉に俺《おれ》は心の中で思い切りガッツポーズを作った。

突然《とつぜん》現れたこの三人組は、さやか先輩の妹、ひかるのようなとんでもない美少女ではないものの、三人とも垢抜《あかぬ》けた都会らしい可愛《かわい》さを持っていたからだ。

冴《さ》えん部活や思うてたけど、なんや捨《す》てたもんやないやんか！

俺はすぐさま得意のつくり笑顔を浮《う》かべて小首を傾《かし》げた。

「先輩たちも家庭科部だったんですね。俺、新入部員の内海悠《うつみゆう》です。よろしくお願いします」

「やだ、噂《うわさ》どおり！　可愛いーー！」

「よろしくね」

三人はそれぞれに自己紹介《じこしょうかい》すると、机《つくえ》を挟《はさ》んで俺とさやか先輩の前に座《すわ》った。

あー、最高や。可愛い女子にちゃほやされる、これぞ男として冥利《みょうり》に尽《つ》きるっちゅうもんや……。

俺がそうしてひっそり幸せを噛《か》みしめていると、三人組のうち一人が身を乗り出して尋ねてきた。

「ねえねえ、内海くんはなに作ってるの?」

その問いに、笑っていた頬《ほお》が引きつる。

あかん。こない乙女《おとめ》チックなもん縫《ぬ》うてるてばれたら一巻《いっかん》の終わりや!

俺は隣《となり》のさやか先輩のエプロンを奪《うば》ってひろげて見せた。

「エプロン縫ってるんです。でも、うまく縫えないんで今さやか先輩に直してもらってたところで……」

「えー、内海くん裁縫《さいほう》苦手なんだ!」

「母性本能くすぐられる! 代わりにやってあげたーい!」

少し落《お》ち込《こ》んだ表情をつくって言うと、三人は簡単《かんたん》にだまされてくれた。内心安堵《あんど》の息を吐《は》きながら、こっそり自分が縫っていたワンピースをさやか先輩の膝《ひざ》に押《お》し付ける。

「じゃあ先輩たち、よかったら俺に縫い物教えてくださいよ」

「いいよー！」

「まかせて、まかせて」

三人は嬉《うれ》しそうに頬《ほお》を染《そ》めて席を立った。そしてミシンをもう一台持ってくると、余りの布を手に取る。

「さやか、これ使うね」

「え……っと、瀬奈《せな》ちゃん……」

さやか先輩《せんぱい》はその布を目にした瞬間《しゅんかん》、戸惑《とまど》ったように言葉を濁《にご》らせた。すると、瀬奈と呼《よ》ばれた先輩は眉《まゆ》を寄せてさやか先輩を見下ろす。

「なに？　せっかく来てあげたのに、余りの布もくれないの？」

その言葉に俺《おれ》は心の中で首を傾《かし》げた。

来て『あげた』ってなんや？　自分らも家庭科部なら、部活がある日に来るんは当たり前やろ。

というか、彼女《かのじょ》たちはこの二週間部活にも出ず、いったいどこで何をしていたのだろうか。

一つ二つと疑問《ぎもん》が沸《わ》いてくるが、答えを見つけられず、ただただ頭をひねる。しかしさやか先輩は、はっとしたように目を見開いて謝った。

「ごめん、そうだよね。忙《いそが》しいのに、来てくれてありがとう。布も、自由に使っていいから」

そう言うと、なにごともなかったかのように笑顔を浮《う》かべる。

この三人は、めちゃくちゃ忙しい委員会かなにかに入っているのだろうか。それならば、さっきの発言も言い方を少し間違《まちが》えただけと言えなくもない。

俺はそれ以上は深く考えないことにして、瀬奈先輩の隣《となり》に座《すわ》った。

「じゃあ先輩、よろしくお願いします」

◇

内海《うつみ》くんが部活に入ってから、約二週間。怒鳴《どな》られたり、怒鳴られたり、怒鳴られたりしながらも、それなりに二人でうまくやってきたように思う。

そんなある日、突然《とつぜん》今まで部活を休んでいた同級生たちが家庭科部に戻《もど》ってきた。

少し驚《おどろ》いたけれど、部に活気があるのはやはり嬉しい。私は目の前で楽しそうにミシンを走らせる四人を眺《なが》めて、笑みをこぼした。

とはいえ、私の作っていたエプロンが内海《うつみ》くんのものにされてしまった今、私にできることは何もない。

内海くんが縫《ぬ》っていたワンピースに手でも出そうものなら、あとでしばき倒《たお》されそうだし。

「……私、ちょっとトイレに行ってくるね」

盛《も》り上《あ》がっている四人に、聞こえるか聞こえないか微妙《びみょう》な大きさの声で言うと、そっと席を立って教室を出た。

廊下《ろうか》を歩いていると、校舎を一つ挟《はさ》んだ向こう側から、バスケ部の力強いかけ声が聞こえてくる。どうやら外でランニングをしているようだ。

春兄《はるにい》の声が聞こえたりしないかな。そんなことを考えながら、手すりにもたれてそっと目を閉《と》じた。

それから、あまり行きたくもなかったトイレに行ってきた私は、お気に入りのタオルハンカチで手を拭《ふ》きながら家庭科室の前へ戻《もど》ってきた。

廊下でぼんやりしていた時間が長かったため、少し遅《おそ》くなってしまった。

「ねえねえ、内海くん。内海くんはどうしてこんな部活に入ったの？」

教室に入ろうとしたとき、聞こえてきた瀬奈《せな》ちゃんの声に動きを止めた。瀬奈ちゃんのその言葉に、少し険《けん》があるように感じたからだ。

「……先輩《せんぱい》たちはどうしてなんですか？」

内海くんがわずかな沈黙《ちんもく》の後、静かに問い返した。

「そんなの、決まってるよねえ」

瀬奈ちゃんはくすりと笑って答える。

「簡単《かんたん》にサボれると思ったからだよ」

心臓《しんぞう》が大きな音を立てた。足は重石《おもし》を載《の》せられたかのように急に重くなる。

「先輩たちは厳《きび》しかったから去年までは全然休めなかったんだけど、さやかはなんでもすぐに信じるから。今は休むの簡単なんだ」

「そうそう、だから内海くんも無理してこんな部活来なくていいんだよ」

「なんなら今から四人で遊びにいこっか」

瀬奈ちゃんの言葉に同調して、由美《ゆみ》ちゃんと理沙《りさ》ちゃんも笑い混じりに話す。

私はそれ以上聞いていられなくなって、床《ゆか》に貼《は》り付《つ》いていた足を無理やり剝《は》がして廊下をかけだした。走って、走って、隣《となり》の校舎の一階でようやく足を止めた。たいした距離《きょり》を走ったわけでもないのに、すでに息が切れていた。階段下《かいだんした》の小さなスペースにうずくまると大きく息をつく。

しょうがない。……しょうがないじゃない。

だましたみんなもひどいけど、言われた言葉を馬鹿正直《ばかしょうじき》に受け止めた私だって、悪いんだから。生きていれば、こういうことだってあるよ……。

自分に言い聞かせるように、心の中で言葉を重ねていく。それなのに、膝《ひざ》の上でスカートを握《にぎ》りしめる手の力はどんどん強くなっていった。

「さや？」

不意に背後《はいご》からかけられた声に、はじかれたように振《ふ》り返《かえ》る。体育館のある外へつながるドアの前には、タオルを手にこちらを見下ろす春兄《はるにい》の姿《すがた》があった。

「なにしてんだ？　こんなとこで」

春兄はいつもの優《やさ》しい笑顔で私に近付いてくる。けれど途中《とちゅう》でその表情が強張《こわば》る。

「さや……泣いてんの？」

頬《ほお》に手を当ててみると、少し濡《ぬ》れていた。気付かないうちに泣いてしまっていたんだ。

自覚すると、とたんに涙《なみだ》が込《こ》み上《あ》げてきて、あわてて顔を伏《ふ》せた。

「なに？　どうしたんだよ……怪我《けが》？　腹痛《ふくつう》？　それとも誰《だれ》かにいじめられたか？」

隣《となり》に膝をつき、春兄が背中《せなか》を撫《な》でてくれる。

「ごめ……っ、春兄……」

「いいよ、気にしなくていいから」

なんとか言葉を口にすると、春兄はなだめるようにそう言って私の髪《かみ》を撫でる。けれど、私は素直にその言葉を受け取れなかった。

春兄も、春兄の言葉だって、本心じゃないかもしれない。本当は、面倒臭《めんどうくさ》くて早くこの場を立ち去りたいと思っているかもしれない。

そんな思いが胸《むね》をぐるぐる回って、気持ちが悪かった。春兄に、こんなこと思ったことなかったのに。

春兄はいつだって優しかったけど、今はどうしても、かえってそれが嘘《うそ》のように感じられてしまった。

早く、泣き止まないと……。必死で涙をこらえて顔を上げる。

「……ごめん、もう大丈夫《だいじょうぶ》だから」

私が言うと、春兄《はるにい》は心配そうに私の顔をのぞきこんできた。

「何があったんだ？　おまえ、昔からめったに泣いたりしなかっただろ？　ちゃんと聞くから、話してみろよ」

「春兄……」

春兄の真剣《しんけん》な眼差《まなざ》しに心が揺《ゆ》れる。けれど、本人のいないところで話すのは告げ口のようで悪い気がした。

それになにより、春兄も本当は聞きたくなんてないのかもという思いが消えなかった。

「……ごめん、実は春兄に頼《たの》まれてた実習用のエプロン失《な》くしちゃって」

「……え？」

無理やり笑って言うと、春兄はぽかんとした顔で目を瞬《しばた》いた。それから軽く噴《ふ》き出《だ》して笑い声を上げる。

「なんだ、たしかに残念だけど、泣くほどのことじゃないだろ？　驚《おど》かせるなよ」

「えへへ、たしかに……」

春兄に合わせて笑っていると、だんだん本当に笑えてきた。目尻《めじり》に浮《う》かんだ涙《なみだ》を拭《ふ》こうと、ポケットに手を突《つ》っ込《こ》む。

「……あれ」

どこかで落としたのか、お気に入りのハンカチは失《な》くなっていた。すると春兄は手に持っていたタオルを私の顔に押《お》し付《つ》けてきた。

「わっ！」

「うら、俺《おれ》の使用済《ず》みタオルだぞ！　泣きやめ！」

「やだー！」

顔にタオルを擦《こす》り付《つ》けられ、たまらず笑い声を上げる。タオルからは、かすかな汗《あせ》の匂《にお》いと柑橘系《かんきつけい》のデオドラントのいい香《かお》りがした。


それから水を飲みにいった春兄と別れ、少し元気になった私は意を決して教室に戻《もど》った。

しかし、教室にはなぜか内海《うつみ》くんだけが座《すわ》っていた。

「内海くん……みんなは？」

「急に帰る言い出して、三人で帰っていきましたよ」

そう答える内海くんはどこか不機嫌《ふきげん》そうだ。

『四人で遊びに行こっか』

理沙《りさ》ちゃんの声だったか、たしかそんなふうに言っていたはずだけれど、内海《うつみ》くんはついていかなかったのか。

まじまじと内海くんの顔を見つめる。すると内海くんは私から顔を背《そむ》けて立ち上がった。

「これ、新しく作り直したほうがええですよ。……人にあげるもんなんでしょ」

机《つくえ》に置いたままだったエプロンを、私のほうに寄せて内海くんが言う。

「う、うん……」

内海くんの言葉に戸惑《とまど》いながらうなずく。

内海くんは、いつも愛想がない。だけど、今みたいに突《つ》き放《はな》すような話し方は珍《めずら》しかった。

私はなにか彼《かれ》が不愉快《ふゆかい》になるようなことをしてしまったのだろうか……。考えてみるけれど、正直心当たりが多すぎてよくわからない。

「もう、部活終わる時間だから片付《かたづ》けよっか……」

そう言ってミシンを片付け始めると、内海くんも無言で手伝ってくれた。

ミシンを元あった場所にしまい、余った布も全て片付けていく。すると、少し大きめの四角い布が目に留まった。その布には、試し縫《ぬ》いのように何本もの縫い目が走っている。

「……これ、実は内海くんに三角巾《さんかくきん》作ろうと思って、とっておいた布だったんだ」

「……え……」

すでに完成しているワンピースを鞄《かばん》に突《つ》っ込《こ》んでいた内海くんが、驚《おどろ》いたように顔を上げた。

「私が作るより、内海くんが作ったほうが上手にできるだろうけどね」

「……そんなん、当たり前でしょう」

苦笑しつつ言うと、内海くんは再び顔をうつむけて鞄に手を突っ込んだ。

「まあ、気が向いたら使ってやってもええですけど」

「本当に？」

絶対嫌《いや》だって言うと思ったのに……。

私はおそるおそる内海くんの顔をのぞきこんだ。

すると、

「いたっ」

なぜか思いっきりデコピンされて、両手で額を押《お》さえた。涙目《なみだめ》で見上げると、内海くんは睨《にら》むように私を見下ろしていた。

「今度は、エプロンと同じ布使うんはやめてくださいよ。同じの使《つこ》うたら、もっかいデコピンしますから」

そう言うなり、内海《うつみ》くんは鞄《かばん》を手に挨拶《あいさつ》もなしに教室を出ていった。

◆

むかつく……。むかつく、むかつく、むかつく！　なんやねん、どいつもこいつも！

鞄を手に家庭科室を飛び出すと、うつむいたまま足早に校舎を歩いた。

家庭科部だと言って突然《とつぜん》やってきた女子生徒三人組も、さやか先輩《せんぱい》も……三井《みつい》先輩も。

そして、なによりこんなに苛立《いらだ》っている自分に腹《はら》が立っていた。

顔を上げると、西の空が赤く染《そ》まり始めているのが見える。沈《しず》みかけの大きな夕陽は、いつもなら綺麗《きれい》だと思えるはずなのに、今はちっともそう思えなかった。

「――じゃあまず、ミシンのセットの仕方だけどー」

まのびした話し方で説明する瀬奈《せな》先輩の言葉を、俺《おれ》もはじめは笑顔で聞いていた。

知っていることを、知らないふりすることくらい、たいしたことではない。可愛《かわい》い先輩の説明なら、何時間だって聞いていられる。そう、思っていたのだ。

しかし、俺にはここから思わぬ苦行が待ち受けていた。

「あれ、ボビンってどうやって糸出すんだっけ?」

「えー、こうじゃない?」

「やだ、絡《から》まってるって!」

先輩たちは、三人がかりでミシンを動かす準備をしているにもかかわらず、いつまで経《た》っても終わらない。それを眺《なが》める俺の中には、少しずつストレスが降《ふ》り積《つ》もっていた。

さやか先輩やったら、すぐにどやせるのに。

そんな考えがふっと浮《う》かんで、あわてて首を左右に振《ふ》る。

せっかく可愛い先輩らが来てくれとんのに、なにをもったいないこと考えてんねや……。

必死で自分に言い聞かせると、そっと瀬奈先輩の手からボビンを取った。

「……ボビンは、たしかこうやって付けるんだったと思いますよ」

「あー、そうそう！　思い出した！」

「内海くん、さっきミシン使ってたんだから、そりゃあできるよね」

知らなかったことを恥《は》ずかしがることも、教えてもらった礼を言うこともせず笑う三人を、必死の思いでつくった笑顔で見つめる。

思い出した、ちゃうわ！　ボビンくらい付けれて当然やろ！

心の中で罵声《ばせい》が飛び交うが、もはやこれは不可抗力《ふかこうりょく》だ。

そのとき、さやか先輩《せんぱい》がトイレがどうとか小さな声で言って教室を出ていった。

ああ、俺《おれ》も一緒《いっしょ》に出ていきた……て、なに考えてんねん！　しっかりしろ、俺……。

浮《う》かんできた思いを振《ふ》り払《はら》うように、再度首を振る。

「じゃあ、早速縫《ぬ》い始めまーす」

瀬奈《せな》先輩の明るい声に、どこが早速や！　とつっこみたい気持ちを抑《おさ》えてうなずく。口を開くと、とんでもない言葉が口から飛び出そうだったので、うなずくだけにしておいた。

まあ、さやか先輩やないんやし、真《ま》っ直《す》ぐ縫うくらいならできるやろ。

そう思って見つめていると、瀬奈先輩のミシンの針《はり》は、綺麗《きれい》とはいえないもののさやか先輩よりはずっとましな直線を走った。

我慢《がまん》した甲斐《かい》があったというものだ。俺はようやく身体《からだ》の力を抜《ぬ》いた。

その後、瀬奈先輩に続いて由美《ゆみ》先輩と理沙《りさ》先輩も試し縫いをしたが、二人ともなんとかぎりぎり真っ直ぐといえなくもない直線を作り出した。

「まあ、こんなもんかな？　ミシンなんて、簡単《かんたん》だよ！」

「そうそう、放っておいても真っ直ぐ縫ってくれるんだから」

三人はミシンの電源《でんげん》を切ると、得意げに話し始めた。

まあ、おまえらはそない真っ直ぐ縫えてへんかったけどな。

そんなことを考えながらまた一つうなずく。

「あー、疲《つか》れた！　もう飽《あ》きたよー」

突然《とつぜん》、由美先輩が机《つくえ》に突《つ》っ伏《ぷ》して声を上げた。

「たしかにねー」

理沙先輩も頬杖《ほおづえ》をついてうなずく。

は？　疲れた？　なに言うてんねや、こいつら……。

さすがに感情を押《お》し殺《ころ》せず、眉《まゆ》を寄せて二人を見た。すると、瀬奈先輩が唇《くちびる》の端《はし》を吊《つ》り上げて顔を近付けてくる。

「ねえねえ、内海《うつみ》くん。内海くんはどうしてこんな部活に入ったの？」

どうしてって……そんなん俺が聞きたいわ。

「……先輩《せんぱい》たちは、どうしてなんですか？」

はぐらかすように瀬奈《せな》先輩《せんぱい》の顔を見つめて問い返す。瀬奈先輩は、歪《ゆが》んだ笑みを浮《う》かべたまま口を開いた。

「そんなの決まってるよねえ？　……簡単《かんたん》にサボれるからだよ」

一瞬《いっしゅん》、言われた言葉の意味がわからなかった。

「先輩たちは厳《きび》しかったから去年までは全然休めなかったんだけど、さやかはなんでもすぐに信じるから。今は休むの簡単なんだ」

「そうそう、だから内海《うつみ》くんも無理してこんな部活来なくていいんだよ」

「なんなら今から四人で遊びに行こっか」

理沙《りさ》先輩の言葉に、瀬奈先輩も由美《ゆみ》先輩もはしゃぎながら賛同する。

「ね、行こうよ内海くん」

鞄《かばん》を手に立ち上がった瀬奈先輩が、俺《おれ》の腕《うで》を取った。俺はされるがままに腕を上げて瀬奈先輩を見上げる。

その瞬間《しゅんかん》、

『来てくれてありがとう』

そう言って笑ったさやか先輩の顔が浮かんだ。

「触《さわ》んじゃねえよ、くそブス」

「……へ？」

瀬奈先輩は、きょとんとした顔でこちらを見下ろす。なんや、よう見たらべつに可愛《かわい》くもなんともないやん。

鼻で笑って、瀬奈先輩の手を振《ふ》り払《はら》う。

「聞こえなかったんですか？　くそブスって言ったんですけど」

立ち上がり、まだ何が起こっているのか理解できていない三人を見下ろして言い放った。

関西弁でボロカスに言ってやりたい気もしたが、こいつらごときに素《す》を出すのももったいない。

ほんま感謝してほしいわ。母国語やったらこんなもんじゃすまんで。

「さやか先輩がなんでも信じるって笑ってましたけど、それのなにがおかしいんですか。おかしいのはおまえらだました奴《やつ》のほうだろ」

信じてくれた人を馬鹿《ばか》にして笑える、その神経が俺には微塵《みじん》も理解できなかった。

俺はそない純粋《じゅんすい》な人間やないから、さやか先輩と同じ状況《じょうきょう》にあっても、きっとだまされたりはせんかったと思う。どうせさぼっとるんやろな、こいつらそんな人間なんやなて思ってそれで終わりや。

せやけどさやか先輩《せんぱい》は、瀬奈《せな》先輩たちのことを信じた。それはさやか先輩が、瀬奈先輩たちのこと『そんな人間』やないって信じてくれとったってことやん。

それってあほやなって思うけど、でも、さやか先輩のその気持ちを瀬奈先輩たちが踏《ふ》みにじったんやと思うと、悔《くや》しさで頭の芯《しん》が熱くなった。

「さやか先輩はたしかに馬鹿《ばか》だし間抜《まぬ》けですけど、あんたらよりは何百倍もましです」

俺《おれ》がどんだけ馬鹿にしてけなしても、いつも真《ま》っ直《す》ぐで一生懸命《いっしょうけんめい》で。そんな先輩を、おまえらが笑う権利《けんり》あるんか。

「……さっさとどっか行って、もう二度と戻《もど》ってくんな」

淡々《たんたん》と、しかし威圧《いあつ》するような口調で言うと、三人は顔を真っ赤にして教室を出ていった。

あー、なんかまだむかつくわ。もっといろいろ言えばよかった……。

音を立てて丸椅子《まるいす》に腰掛《こしか》ける。そこで、はたと気付いた。

さやか先輩、いくらなんでも遅《おそ》ないか？

トイレに行くと言ってから、もう二十分近く経《た》っている。

気になって教室の外へ出てみると、見覚えのあるタオルハンカチが一枚《まい》落ちていた。やたらと最近テレビで見かけるゆるキャラの、だっさいハンカチ。こんなんさやか先輩持ってへんかったたっけ？

まさか、さっきまでの会話、聞いとったんやろか。そうだとしたら、さすがのさやか先輩でも泣くかもしれない。

……泣く？　さやか先輩が？

いつもへらへら笑っている能天気な顔を思い浮《う》かべて、それから泣いているところを想像してみる。

「…………………」

なんやこれ。なんか喉《のど》のあたりが締《し》まって苦しい気いする……。

顔をしかめてタオルハンカチを手に取った。ほんのり湿《しめ》っている。トイレ行った帰りやからか？　ばっちいな……。

俺はハンカチの端《はし》をつまんで校舎を歩き始めた。うちの高校は、正門から入って左端《ひだりはし》から第一校舎、第二校舎、それから体育館、グラウンドという配置になっている。

家庭科室のある第一校舎と第二校舎のあいだには、木や雑草が生い茂《しげ》った、あまり手入れの行き届《とど》いていない中庭がある。俺《おれ》は一階の渡《わた》り廊下《ろうか》を歩きながらぼんやりとそれを眺《なが》めた。

第二校舎に着くと、どこからか押《お》し殺《ころ》したような泣き声が聞こえてきた。その瞬間《しゅんかん》、胸《むね》がどきっとなる。思わず生唾《なまつば》を飲《の》み込《こ》んで、ばっちいはずのハンカチを握《にぎ》りしめた。

べつに、慰《なぐさ》めるとかそんなつもりはないけど。まあハンカチは要《い》るやろから……。

なぜか心の中で言《い》い訳《わけ》をしつつ、声のする方へ足を向けた。

「ごめ……っ春兄《はるにい》……」

絞《しぼ》り出《だ》すようなさやか先輩《せんぱい》の声が聞こえて、足が止まる。耳をすましていると、なだめるような優《やさ》しい声が続いた。

三井《みつい》先輩や。さやか先輩の幼《おさな》なじみで、スポーツ万能な高身長イケメン。

なんで先輩がこんなとこおるんや？

なんだか今度は胸のあたりがずんと重い気がする。

あほみたいにそのまま突《つ》っ立《た》っていると、少し落ち着いたさやか先輩の声がまた聞こえてきた。

「ごめん、実は春兄に頼《たの》まれてた実習用のエプロン失《な》くしちゃって……」

……は？　なんやそれ。あれ、俺《おれ》のやなかったんかい。

たしかに自分のやって言われたわけやないけど、でもそれやったらあない照れたり隠《かく》したりする必要なかったやん。

真っ赤になってエプロンを取り返そうとしていたさやか先輩を思い出す。それと同時に、ふと二週間前の出来事が頭に浮《う》かんだ。

さやか先輩と初めて会った日。

『クッキー楽しみにしてるな』

そう言って笑っていた三井先輩と、

『人にあげるから、味見してほしい』

照れながら言ってきたさやか先輩の顔。

なるほどな。そういうことかい。……さやか先輩は、三井先輩が好きなんか。

視線《しせん》を落としてさやか先輩のタオルハンカチを見つめる。満面の笑みを浮かべるゆるキャラと目が合った。

なんやねん。俺、めっちゃ滑稽《こっけい》やん。

聞こえるさやか先輩《せんぱい》の声はすでに明るく、笑い声が耳に突《つ》き刺《さ》さる。俺《おれ》はハンカチをポケットに突《つ》っ込《こ》むと、踵《きびす》を返して足早に家庭科室へと戻《もど》った。

さやか先輩は俺とたいして間を空《あ》けず、すぐに戻ってきた。

いつもの調子でなにごともなかったかのように話しかけてくる先輩に、無性《むしょう》に苛々《いらいら》していつもよりずっと冷たく当たった。さっきは泣いているところを想像してなんとも言えない気持ちになったが、今はむしろ泣けばいいと思っていた。

だけど相変わらずさやか先輩はへらへらしていて、俺はもうどうでもよくなってきて柚《ゆず》のワンピースを鞄《かばん》に突っ込んだ。

「これ、実は内海《うつみ》くんに三角巾《さんかくきん》作ろうと思って、とっておいた布だったんだよね……」

そのとき、ぽつりとつぶやく声がして、俺はゆっくりと視線《しせん》を上げた。

……意味わからん。今さらなんなんや。

苛々はどんどん降《ふ》り積《つ》もる。

それなのに、気付いたら「まあ、気が向いたら使ってあげてもええですけど」なんて答えていた。それから無遠慮《ぶえんりょ》に俺の顔をのぞきこんできた先輩にデコピンかまして、エプロンとは違《ちが》う布にしろとかなんとか、自分でもよくわからないことを口走って逃《に》げるように教室を出た。

そこまで一気に回想していると、いつの間にか自宅《じたく》のアパートに着いていた。汚《きたな》いコンクリートの階段《かいだん》を上がり、鍵《かぎ》を回して家に入る。玄関《げんかん》を上がってすぐ隣《となり》にはこぢんまりとしたキッチンがあり、奥《おく》には和室の小さな部屋が二つある。ここに弟と二人で暮《く》らしているが、弟は部活で忙《いそが》しく帰りが遅《おそ》いため、家では一人でいることが多い。田舎《いなか》暮らしのときはいつも家に誰《だれ》かがいて、うるさいと思うこともあったが、今は少しそれが懐《なつ》かしかった。

荷物を置くと、手を洗《あら》ってキッチンに立つ。弟には悪いが、今日はなんだかどっと疲《つか》れていて、作ったのは鯖《さば》の味噌煮《みそに》と味噌汁《みそしる》だけだった。

炊飯器《すいはんき》から自分の分の米をよそい、畳《たたみ》に座《すわ》る。味噌汁をすすりながらポケットからスマートフォンを取り出すと、さやか先輩のハンカチが畳に落ちた。一瞬《いっしゅん》それに目をやるが、無視《むし》してスマートフォンのボタンを押《お》す。画面が明るくなって、メールと電話の着信履歴《ちゃくしんりれき》がずらりと並《なら》んだ。

男友だちに加えて、クラスの可愛《かわい》い女の子からもメールが届《とど》いている。いつもならすぐに返信するのだが、今は派手《はで》な絵文字に胸焼《むねや》けがして返す気になれなかった。

ため息をついてスマートフォンを机《つくえ》に置く。すると、タイミングよく振動《しんどう》し始めた。

電話の主は、家事代行サービスのバイトの雇《やと》い主《ぬし》でもある叔母《おば》さんだった。

「……もしもし」

「あっ、もしもし悠《ゆう》ちゃん！　今電話大丈夫《だいじょうぶ》⁉」

叔母さんの大声が耳に響《ひび》き、スマートフォンを少し耳から離《はな》す。

「大丈夫ですけど……」

「よかった！　あのね、仕事の話なんだけどね。前、杉谷《すぎたに》のおばさんの代わりに、紺野《こんの》さん家に行《ち》ってもらったでしょう？」

なんやねん、このおばはん。どっかで俺《おれ》のこと監視《かんし》しとんのか？

前触《まえぶ》れもなく出てきた『紺野』というワードにいらっとして黙《だま》り込《こ》む。しかし、おばさんというのは得てして人の話を聞かないものだ。叔母さんは、そんな俺の様子には気付かずどんどん話を進める。

「その杉谷のおばさんね、旦那《だんな》さんの転勤《てんきん》が決まっちゃって、うちで働けなくなったのよ。こんな変な時期に転勤だなんて、左遷《させん》かしらねえ？」

そんなん知らんがな！　高校生にんなこと聞くな！

心の中でつっこみながらも、口を一文字に結んだまま沈黙《ちんもく》を貫《つらぬ》く。すると叔母《おば》さんは、まあそれはいいんだけどと薄情《はくじょう》な言葉を前置いて、とんでもないことを言い出した。

「今度から紺野《こんの》さん家《ち》の担当《たんとう》、悠《ゆう》くんにやってもらおうと思って！　いいわよね？」

「……は」

聞こえてきた言葉が信じられず、思わず声を漏《も》らした。すると、スマートフォンを顔から離《はな》していたことが災《わざわ》いしてか、俺の言葉を『はい』と勘違《かんちが》いした叔母さんが歓声《かんせい》をあげた。

「まー、よかった！　ほかに手が空《あ》いてる人いなくて困《こま》ってたのよー！」

「いや、待っ、叔母さん……！」

「紺野さん家は週に二回だから、日時は明日直接相談してね。それじゃあ、よろしく！」

受話器を置く音がして、それから通話が切れたことを知らせる無機質な機械音が続く。

俺は耳からスマートフォンを離すと、すぐさま電話を掛《か》け直《なお》した。しかし、どれだけ待っても叔母さんは電話に出ない。

さっきまで電話しとって、なんで出られへんねん！　わざとか！　わざとなんか⁉

苛立《いらだ》ちを露《あら》わに、畳《たたみ》にスマートフォンを叩《たた》きつける。その指の先に、なにかやわらかいものが触《ふ》れた。

「……あー、もう……」

深く重いため息をついて、畳《たたみ》に倒《たお》れ込《こ》む。

そして、指先に触れたもの……さやか先輩《せんぱい》のハンカチを手に取り、その両端《りょうはし》をつまんでぶら下げた。

この苛々《いらいら》も、もやもやも、意味がわからない。

わからないけど、たぶん三井《みつい》先輩じゃなくて、俺《おれ》が先輩の涙《なみだ》を拭《ふ》いてあげたかったんだということだけは、なんとなくわかっていた。

uwasano aitsu-ha KATEIKABU
噂《うわさ》のあいつは家政夫《かせいふ》さん！

「ふざけんな！　そんなん絶対嫌《いや》やわ！」

「はぁ？　なに、あんた客に逆《さか》らう気なの？」

土曜日、正午、快晴。

窓《まど》の外を見ればさわやかな景色がひろがっているのに、どうして我《わ》が家《や》ではこんなに殺《さつ》伐《ばつ》とした空気が流れているのだろう。

桜はもうほとんど散ってしまったけれど、外でピクニックでもしたら気持ちいいだろうな……。

開いた窓から流れ込んでくる風に目を細める。

「おいこら、先輩《せんぱい》。なに他人事《ひとごと》みたいな顔しててんですか」

「わっ！」

ローテーブルの対面に座《すわ》っていた内海《うつみ》くんに突然《とつぜん》頭を掴《つか》まれ、前に向き直させられる。

「ちょっと、うちのお姉ちゃんに気安く触《さわ》んないでよ」

「うっさい、シスコン」

ソファに寝《ね》そべっていたひかるが私の背後《はいご》から内海くんの手を叩《たた》き、二人はバチバチと火花を散らした。

「お姉ちゃんだって嫌《いや》だよね？　私たちがいない間に、こいつに家の中いじられるの」

「俺《おれ》はおまえがおる前で家事するとか絶対嫌やわ！　どうせええようにこき使う気なんやろ⁉」

「と、とりあえず落ち着こうよ、二人とも……」

自分を挟《はさ》んで繰《く》り広《ひろ》げられる論争《ろんそう》に首をすくめてつぶやいた。

ことの発端《ほったん》は、我が家の家事代行を担当《たんとう》していた杉谷《すぎたに》さんが、旦那《だんな》さんの転勤《てんきん》で引《ひ》っ越《こ》してしまうため、内海くんがその仕事を引《ひ》き継《つ》いだことにあった。

今までうちは、杉谷さんに鍵《かぎ》を預けて誰《だれ》もいない間に家事をしてもらっていた。しかしひかるは、自分たちがいない間に内海くんが家に入ることに抵抗《ていこう》があるらしく、猛反対《もうはんたい》していた。そして内海くんは内海くんで、ひかるがいる間に家事をすることを断固拒否《だんこきょひ》していた。

話し合いは午前中に始まり、平行線をたどったままもう二時間も経過している。このままでは埒があかない。

私は意を決して二人を見た。

「それならこうしよう！　うちの部活、週に三回でしょ？　だから残りの二回、月曜日と木曜日の放課後、内海《うつみ》くんに来てもらうの。それなら内海くんはひかると会わないし、ひかるも私が見てれば安心でしょ？」

我《われ》ながらいい案だと顔をほころばせる。

「どうかな、内海くん」

「うわっ⁉」

身を乗り出して尋《たず》ねると、勢いよくのけぞられた。

そんなに近付かれるのが嫌《いや》なのかな……。若干傷付《じゃっかんきずつ》きながらも身体《からだ》を戻《もど》して内海くんの返事を待つ。

「ま、まあ……どうしてもっちゅうんやったら、べつに俺《おれ》はそれでもええですけど……」

内海くんは少し赤い顔で、怒《おこ》ったようにそっぽを向いて答えた。

「本当に？　よかった。ひかるもそれでいい？」

ほっと胸《むね》を撫《な》で下《お》ろして背後《はいご》を振《ふ》り返る。ひかるは眉《まゆ》を寄せて考《かんが》え込《こ》むように口元に手を当てていた。

「……ひかる?」

顔をのぞきこんでみるが、反応がない。私はひかるの視線《しせん》を追って前に向き直った。

「……内海、あんたまさか……」

「はっ、はあ!? なに言うてんねん!」

ひかるの言葉をさえぎって、内海くんは顔を真っ赤にして立ち上がった。

「ありえへん! そんなん、ぜっっっっったいありえへんわ!」

「……まだ何も言ってないけど」

「な……っ!」

頬杖《ほおづえ》をつき、首を傾《かし》げてみせたひかるに、内海くんは赤い顔をさらに赤くして言葉をのんだ。なんだかよくわからないけれど、どうやらひかるのほうが一枚上手《いちまいうわて》のようだ。

「……ま、仕方ないから、とりあえずはお姉ちゃんの案でいこっか」

ため息混じりにそう言うと、ひかるはもう一度内海くんを見上げた。

「手、出さないでよ?」

「あほか!」

「待ってさやかー！」

話し合いの日から二日後、家路につこうと階段《かいだん》を下りていた私は、廊下《ろうか》に響《ひび》いた明るい声に振《ふ》り返った。すると男の子みたいなショートカットの女の子が、細い腕《うで》を目一杯《めいっぱい》振りながらこちらにかけよってきた。

「千夏《ちなつ》ちゃん。今から部活？」

「そ！　今日は外練だから、下駄箱《げたばこ》まで一緒《いっしょ》に行こ！」

千夏ちゃんは、スポーツバッグの紐《ひも》を肩《かた》に掛《か》け直《なお》しながら私の隣《となり》に並《なら》ぶ。

彼女《かのじょ》、長崎《ながさき》千夏は私の中学のときからの友人だ。部活はバスケ部で、ひかるの先輩《せんぱい》でもある。

「バスケ部、たいへんだね。ひかるはどう？　みんなとうまくやってる？」

「当然。めちゃくちゃバスケうまくて、男子部員にはモテモテで、やっかみ買わないか心配したけど……相変わらず、立ち回りがうまいというか。本当にあんたたち血つながってるの？」

「ごもっともなんだけど、ちょっとひどいよ、千夏ちゃん……」

真面目《まじめ》な顔で問いかけられて思わず苦笑する。千夏ちゃんは、私の肩を軽く叩《たた》いておかしそうに笑った。

「あはは、ごめんごめん。あんたはどうなの？　家庭科部」

「楽しいよ。最近は新入部員も入ってくれたし」

「本当に？　やったじゃん！　どんな子なの？」

「えへへ、えっとね……」

千夏ちゃんの言葉にはにかみながら口を開く。

そのとき、人でごった返している下駄箱《げたばこ》で、見覚えのあるうしろ姿《すがた》を見つけた。

「あ、内海《うつみ》くん！」

内海くんは振《ふ》り返って私を見るなり、思いっきり顔をしかめた。

しかし私の隣《となり》に立つ千夏ちゃんに気付くと、先ほどの顔は幻《まぼろし》かと思うほどやわらかい笑みを浮《う》かべる。

「あれ、長崎先輩《せんぱい》じゃないですか」

「内海くん！　バスケ部入らなかったたし、ちょっとしか話さなかったのに、私のこと覚えててくれたんだ」

内海《うつみ》くんは驚《おどろ》いたように目を見開く千夏《ちなつ》ちゃんに、さわやかに微笑《ほほえ》んでみせた。

「当たり前ですよ。俺《おれ》、可愛《かわい》い人の名前は忘《わす》れませんから」

「えっ！　やだ、内海くんったら口がうまいんだからー！」

千夏ちゃんは頰《ほお》に両手を当てて、嬉《うれ》しそうに笑った。そういえば、私は名前覚えられてなかったな……。

前から思っていたけれど、内海くんは正直者だ。あまりオブラートに包むということをしない。そういうところは少し、妹のひかると似ていると思った。

「あれ、でもなんでさやかと内海くんは知り合いなの？」

内海くんと楽しそうにしゃべっていた千夏ちゃんが、ふと思い出したように首を傾《かし》げた。

私は答えようと口を開いて、すんでのところで思いとどまった。

内海くん、家事ができること言いたくないらしいし、もしかして家庭科部のことも言ってほしくないのかな……。

どう答えればいいのかわからなくなり、助けを求めるように内海くんを見る。

すると、内海くんは眉《まゆ》を寄せてつぶやくような声で言った。

「俺、家庭科部入ったんで……」

「え、そうなの!?　さやか、なんで言ってくれなかったの!?」

「う、うん。ごめん……」

千夏ちゃんの剣幕《けんまく》に首をすくめながら謝る。

「そっか、そうなんだあ。でも、たいへんじゃない？　さやかすごい不器用でしょ」

「いいえ、俺のほうがひどいんで」

目をそらしながら内海くんが言う。

「ええー？　本当に？」

千夏ちゃんが疑《うたが》いの声を上げると、内海くんはあせったように目を泳がせて、突然《とつぜん》私の腕《うで》を取った。

「じゃあ、俺そろそろ帰るんで……行きましょう、先輩《せんぱい》」

「へ？」

内海くんは私の返事を待たず、腕を摑《つか》んだまま大股《おおまた》で歩き出した。今日は部活じゃないから、一緒《いっしょ》に帰るとバイトがバレてよくないのでは。

引きずられるようにして歩きながらうしろを振《ふ》り返《かえ》ると、千夏ちゃんが目を丸くしてこちらを見ていた。

「…………あの、内海《うつみ》くん」

校舎を出てしばらくして、沈黙《ちんもく》に耐《た》えきれなくなった私は、内海くんの背中《せなか》にそっと声をかけた。

「……なんですか」

内海くんはこちらを振《ふ》り返《かえ》らないまま、ぶっきらぼうな声で答える。

「えーっと、その、そろそろ手を、離《はな》してはいただけないかと……」

そう言って内海くんの顔をのぞきこむと、内海くんは驚《おどろ》いたように目を見開き、素早く手を離した。どうやら掴《つか》んでいたことを忘《わす》れていたようだ。

内海くんはそっぽを向いて「すみません」と小さく謝る。

「……あ、そうだ！　内海くんに渡《わた》すものがあって……はい、これ」

「なんですか？」

さらに気まずくなった空気を打ち消そうと私が取り出した茶封筒《ちゃぶうとう》に、内海くんは眉《まゆ》を寄せる。

「今月の食費。うちは月初めに、一月分の食費をハウスキーパーさんに預けてるの」

「へー……」

内海くんは気のない返事をして、なにげなく封筒《ふうとう》を開ける。そして、一瞬《いっしゅん》固まったあと、いったん封筒を閉《と》じて、再び中をのぞいた。

「……内海くん？」

とうとう歩くのを止めて、封筒をのぞいたまま固まってしまった内海くんに、おそるおそる声をかける。

「これが、一か月分の食費ですか……？」

「う、うん……」

震《ふる》えた声で尋《たず》ねられ、戸惑《とまど》いながらも小さく頷《うなず》いた。

「えっと、いくら入ってたの？」

「は⁉　先輩《せんぱい》知らんのですか⁉」

「え……だって、お母さんからもらうときはいつも封《ふう》がしてあるし、そのまま杉谷《すぎたに》さんに渡《わた》してたから……」

「ありえへん……とりあえず、先輩。俺《おれ》、この金どうやっても使い切れる気せんのですけど」

内海くんは頭を抱《かか》えてふらつきながら歩き始めた。

「あ、大丈夫《だいじょうぶ》だよ。杉谷《すぎたに》さんも、いつも四、五万は余らせてたから」

「あのおばはん、こないあって四、五万しか余らせてへんかったんですか⁉」

もう意味がわからへんとうなりながら、内海《うつみ》くんはため息をついた。

「つか、先輩《せんぱい》ほんまええですね。どうせ余った金自分らで好きに使えるんでしょ？」

「え……そんなことしないよ」

内海くんの言葉にあわてて両手を振《ふ》る。

「は……？　どうせ使《つこ》うてもばれへんのやから、好きに使うたらええやないですか」

それはたしかにそうなのかもしれない。ひかるなんかも『私がお姉ちゃんだったら、絶対半分くらい好きに使うのに』と言って不貞腐《ふてくさ》れていた。でも……。

「これは、お父さんとお母さんが、私たちのために一生懸命《いっしょうけんめい》働いて稼《かせ》いだお金だから……」

小さい頃《ころ》は、いつも家にいない両親が嫌《いや》だった。誕生日《たんじょうび》も、クリスマスも、一緒《いっしょ》に過ごした記憶《きおく》なんてほとんどない。

だけど、歳《とし》を取るうちにだんだんと気付いてきたのだ。家に帰ってきたときの両親が、心底ほっとしたような顔をしていることに。

きっと二人だって、もっと家にいたいと思ってくれているのだ。それなら、二人が我慢《がまん》しているのなら、私だって我慢しなければいけない。

このお金は、ただのお金なんかじゃない。両親の努力と愛情が詰《つ》まった、大切なお金なんだ。

私は笑みを浮《う》かべると、内海くんの顔を見上げた。

「内海くんが働いて稼ぐお金と一緒《いっしょ》だね」

自分以外の誰《だれ》かを想って働く。

内海くんは、いつも愛想はないけれど、本当はとても愛情深い人なんだろうな。

「……先輩《せんぱい》がなに言いたいんか、さっぱりわかりません」

内海くんは私に顔を背《そむ》けながら言う。けれど、見える横顔はわずかに赤く染《そ》まっていた。

「ふふ」

「なに笑《わろ》うてんねん」

思わず笑うと内海くんのゲンコツが降《ふ》ってきた。

私は全然痛《いた》くないそのゲンコツに、また笑いそうになって無理やり表情を引《ひ》き締《し》めた。

「変な顔」

内海《うつみ》くんはそう言って小さく息を吐《は》く。

「……ほな、ついでにスーパー寄って帰りましょう。何が食べたいですか？」

「うーん……あ！　ハンバーグ！」

「……子どもですか」

内海くんが顔をくしゃっとさせて笑う。その瞬間《しゅんかん》、胸《むね》がどきりと鳴った。

これは……なかなかレアなものを見てしまったかも。

いつものよそ行きのつくったような綺麗《きれい》な笑顔ではなく、無邪気《むじゃき》な子どもみたいな笑顔。

みんながこの笑顔を見たら、なんて言うかな。……きっと、ますます人気が出てしまうだろうな。

私はなんだか得をした気分になって、上機嫌《じょうきげん》で内海くんの隣《となり》を歩いた。

◆

「ねえねえ、内海くん。内海くんって、紺野先輩《こんのせんぱい》と付き合ってるの？」

しとしとと雨の降る木曜日。

放課後になり、バイトのためさやか先輩の家に行こうとしていた俺《おれ》は、不意にかけられた声に目を向けた。

そこに立っていたのは、うちのクラスで一番可愛《かわい》いと噂《うわさ》される、木田彩香《きだあやか》だった。丸みを帯びたボブヘアーに大きな目が印象的な彼女《かのじょ》は、小首を傾《かし》げてこちらを見上げている。

ああ、かわええ。間違《まちが》いなくかわええええわ。

しみじみと噛《か》みしめるように、木田さんを見下ろす。

しかし、そこではたと気付いた。

「……今、付き合ってるかって聞いた？」

「うん」

一応確認《かくにん》してみるが、どうやら聞き間違いではなかったらしい。

なんでやねん！　ありえへんわ！

そう叫《さけ》びたい気持ちをぐっとこらえてなんとか笑みを浮《う》かべる。

「……付き合ってないよ」

「そうなの？　よかったあ」

木田さんは、俺の言葉に嬉《うれ》しそうに笑顔を見せる。

よかった、か……。自分がかわええてわかっとる奴《やつ》のセリフやな。

きっと小さい頃《ころ》から可愛《かわい》い可愛いと周りからもてはやされて生きてきたのだろう。

もちろんそれは悪いことではない。むしろ俺《おれ》は、積極的な女子のほうが好きだ。まわりくどいアピールをされるより、よっぽど清々《すがすが》しくて好ましい。

「……でも、なんでそう思ったの？」

ふと疑問《ぎもん》に思い尋《たず》ねると、木田《きだ》さんは唇《くちびる》をとがらせて視線《しせん》を落とした。

「紺野先輩《こんのせんぱい》と内海《うつみ》くん、部活も一緒《いっしょ》だし、それに……」

「それに？」

「月曜日、見ちゃったんだ。内海くんと紺野先輩が手をつないで帰ってるの」

……ん？　手をつないでた？

木田さんの言葉に頭をひねる。まさか、さやか先輩と俺が手つなぐやなんて、そんなことあるわけ……。

「…………あ」

思い出した。

そういえば月曜日、さやか先輩の友だちの長崎《ながさき》先輩と話しているとき、ボロが出そうになってあわてて先輩を連れて逃《に》げたのだった。

あかん。必死やったとはいえ、なんで俺はあんなことしたんや……。

「ああ、あれ。あれはべつに手をつないでたわけじゃなくて……ちょっと急ぎの用事があって。ほら、さやか先輩めちゃくちゃ鈍臭《どんくさ》いから、引っ張っていっただけだよ」

「そっか、そうだったんだね」

自分でも無理やり感が否《いな》めないと思った言《い》い訳《わけ》を、木田さんはすぐに信じた。

「妹のひかるちゃんのほうならともかく、内海くんがあの先輩と付き合うって、私もちょっと意外だなって思ってたんだ」

おーい、さやか先輩。あんた、見知らぬ後輩《こうはい》にめちゃくちゃ舐《な》められてますよー。

やけにすぐに納得《なっとく》したなと思ったら、そもそも根底に俺と先輩が付き合うはずがないという自信があったようだ。

「内海くん、今日は部活ないの？」

「うん、これから帰るとこ」

心なしか機嫌《きげん》をよくした様子の木田さんに、微笑《ほほえ》んでうなずいてみせる。すると木田さんは、わずかに頬《ほお》を赤く染《し》め、つんと俺の制服の裾《すそ》を引っ張った。

「あの……だったら一緒《いっしょ》に帰らない？　私、傘忘《かさわす》れちゃったみたいで」

軽い上目遣《うわめづか》い、恥《は》じらう表情、そして直球の誘《さそ》い文句。男のツボをよく理解している見事な誘い方だ。

もし、これがさやか先輩《せんぱい》やったら……。ぼんやりとした頭でそんなことを考え、あわててその考えを打ち消した。

こんなかわええ子がやってくれてんのに、なんでわざわざ先輩に置《お》き換《か》える必要あんねん！　逆ならまだしも！

「……いいよ。朝は雨降《ふ》ってなかったもんね」

「そうなの！　雨降るなんて、お母さん一言も言ってくれなかったから、ひどい目にあっちゃった」

なんとか笑顔をつくって言うと、木田《きだ》さんはため息混じりに愚痴《ぐち》を吐《は》いた。

いや……そんなん自分でテレビ見るとかしてチェックしといたらええ話やろ。それともあれか、おまえのお母さんはお天気お姉さんなんか？

ああそうか、そんならしゃあないよな。予報外《はず》したお天気お母さんが悪いんやんな……。

脳内《のうない》で無理やりそう決着をつけると、俺《おれ》は木田さんと並《なら》んで教室を出て廊下《ろうか》を歩き始めた。たわいもない話を繰《く》り広《ひろ》げながら歩いていると、すれ違《ちが》う生徒たちがちらちらとこちらを振《ふ》り返《かえ》る。うらやましそうな男子生徒の視線《しせん》に俺《おれ》は気分をよくした。

可愛《かわい》い女子は癒《いや》しだけでなく、こうして優越感《ゆうえつかん》をも与《あた》えてくれる。さやか先輩《せんぱい》といたのでは感じられない感覚だ。やっぱり俺はかわええ子が好きやわ……。

そう考えていたとき、隣《となり》を歩く木田さんが、あっと声を漏《も》らした。

「噂《うわさ》をすれば……」

木田さんの視線をたどると、下駄箱《げたばこ》の先の玄関《げんかん》で、困《こま》った顔をして立《た》ち尽《つ》くすさやか先輩の姿《すがた》があった。どうやら、さやか先輩も傘を忘れてきたようだ。

なんでどいつもこいつも傘忘れんねん！　知らん！　知らんで、俺は！　俺には関係ないからな！

そう思ってはみても、なかなか先輩から目を離《はな》せずにいると、不意にさやか先輩がこちらを振り返った。先輩は特に助けを求めるでもなく、いつもと変わらない様子で俺に向かって手を振る。

……なんやねん。傘忘れたんやろ。なんで笑《わろ》うてんねん。

素直に助けてくれて言うたら、助けてやらへんこともなかったのに……もうええわ。

先輩《せんぱい》から視線《しせん》をそらすと、自分の下駄箱《げたばこ》の方へと向かった。上履《うわば》きから靴《くつ》に履《は》き替《か》えて、笑顔で木田《きだ》さんを振《ふ》り返《かえ》る。

「行こっか、木田さん」

「うん！」

木田さんは可愛《かわい》らしくうなずくと、嬉《うれ》しそうに俺《おれ》の差す傘《かさ》の下に飛《と》び込《こ》んだ。

「なんか、思ったより雨ひどいね。すっごい濡《ぬ》れるし、最悪」

木田さんはぴったりと俺に身を寄せて、憂鬱《ゆううつ》そうに言う。

いや、最悪て。俺、気い使《つこ》うて木田さんの方にめっちゃ傘寄せてんねやけど。なんやったら俺のほうが濡れてんねやけど。

若干《じゃっかん》いらっとしたが、なんとかそれを押《お》し殺《ころ》して笑顔をつくる。

「……ところで、木田さんってどこ住んでるの？」

「ああ、私の家結構近所なの。本当はもっと都会にある、私立で制服が可愛い高校に行きたかったんだけど、近場にしろって親がうるさくって」

「へえ……」

「幼《おさな》なじみの由香《ゆか》ちゃんは、そこに行かせてもらえたのに。お金ないとか言って、本当むかつくんだから」

拗《す》ねたような顔で話す木田さんを、俺《おれ》は見るともなしに見下ろしていた。

べつに彼女《かのじょ》は特別おかしいことを言っているわけではない。ちょっとした親への不満。

ええやん、そんなん世のたいていの女子高生が持っとるもんや。

『お父さんとお母さんが、私たちのために一生懸命《いっしょうけんめい》働いて稼《かせ》いだお金だから』

やめとけ、やめとけ。考えるな、俺。こんくらいの我儘《わがまま》、可愛いもんやろ。

『内海くんが働いて稼ぐお金と一緒《いっしょ》だね』

――ああ、もう、うるさい！

「……内海くん？」

突然《とつぜん》立ち止まった俺を、木田さんは怪訝《けげん》そうに見上げる。俺は深く息を吐《は》き出すと、そんな木田さんに持っていた傘を押し付けた。

「ごめん。ちょっと用事思い出したから、学校戻《もど》る」

「えっ、内海くん⁉」

戸惑《とまど》うような声が聞こえたが、振り返らずに雨の中を走り出した。強い雨は、一瞬《いっしゅん》で学ランを濡《ぬ》らす。

最悪や。ほんま、なにしてんねやろ俺《おれ》……。

「……内海《うつみ》くん？」

「さやか先輩《せんぱい》……っ⁉」

高校のすぐ近くの通りに出た瞬間《しゅんかん》、かけられた声にあわてて振《ふ》り返《かえ》る。そこには、ビニール傘《がさ》を差してこちらを見つめる先輩の姿《すがた》があった。

「………なんですか、その傘」

自分でも驚《おどろ》くほど冷静な声が出た。

「へっ、これ？　傘忘《わす》れて学校来ちゃってたから、近くのコンビニで買ったやつだけど……」

さやか先輩は困惑《こんわく》しながらも答えてくれる。

なんやねん、そのオチ……。

一気に身体《からだ》の力が抜《ぬ》けて、肩《かた》を落とした。

「内海くんは傘どうしたの？　ほら、濡《ぬ》れちゃうから入って」

さやか先輩はあわてた様子で、軽く背伸《せの》びをして俺を傘に入れる。とたんに俺の頭を打ち付けていた雨粒《あめつぶ》はさえぎられ、代わりに先輩の背中《せなか》を黒く濡らしていった。

……ほんまに損な性格やわ。

さやか先輩の背中《せなか》を見つめながら小さく息をつく。

男というものは、総じて、ちょっと頼《たよ》りなくて守ってあげたくなるような女が好きなものだ。つまり、木田《きだ》さんのように、我儘《わがまま》を言って甘《あま》えられる女がモテるということだ。

それに引《ひ》き換《か》えさやか先輩は、人に甘えるのがとても下手《へた》なように思えた。傘のことも然《しか》り、普段一緒《ふだんいっしょ》に部活をしていても、完成したものに意見を求められることはあっても、手伝ってくれと頼《たの》まれたことは一度たりともない。

両親があまり家におらず、いるのは妹だけ。幼《おさな》い頃《ころ》からそんな環境《かんきょう》で育った先輩は、きっと、しっかりせざるを得なかったんだろう。

俺はさやか先輩から傘を取ると、そっと先輩に差しかけてあげた。

なんだか、無性《むしょう》に先輩を甘やかしてあげたいと思った。

「内海くん、濡れちゃってるよ」

さやか先輩は、濡れる俺の肩《かた》を見て傘へと手をのばす。俺はひょいと傘を上に上げてそれから逃《に》げた。

「帰りましょう、先輩。先輩も濡れてるし寒いでしょ」

平気そうな顔をしているが、さやか先輩《せんぱい》もすっかり濡《ぬ》れてしまっており、髪《かみ》からは雫《しずく》がこぼれ落ちていた。少し癖《くせ》のある髪が、湿気《しっけ》と雨ですっかりはねてしまっている。

俺《おれ》はポケットの中からタオルハンカチを取り出し、それで先輩の髪を乱暴《らんぼう》に拭《ふ》いた。

「わ……ってあれ、そのハンカチ……」

さやか先輩は俺の手の中にあるハンカチを見て目を瞬《しばたた》く。

「内海《うつみ》くんもゆるキャラ好きなの？　意外……」

「あほ言わんでください。なんでそうなるんですか」

さやか先輩のポケットにハンカチを突《つ》っ込《こ》み、ゆっくりと歩き出す。

「……明日の部活、たまには一緒《いっしょ》のもん作りましょ」

水たまりを踏《ふ》むと、パシャリと音がして制服の裾《すそ》に水がはねた。

「……うん！」

先輩の少しはずんだ声に、胸《むね》があたたかくなる。

愛《いと》おしいな、と素直に思えた。

春先の雨に濡れた身体《からだ》は鳥肌《とりはだ》が立つくらい寒かったけれど、時折腕《うで》に触《ふ》れる小さな肩《かた》が嬉《うれ》しくて、このまま家に着かなければいいのにと思った。

噂《うわさ》のあいつとたまご雑炊《ぞうすい》！


どこからか、高音の、頭が痛《いた》くなるような音が聞こえてくる。

「うーん……」

私は小さくうなって、肩《かた》に掛《か》かっていた布団《ふとん》を頭まで引っ張り上げた。冷たい空気で冷えていた頬《ほお》がほんのりあたたかくなる。

ああ、やっぱり布団は最高だ。ずっとこうしてたいな……。

「……あっ！」

重いまぶたを見開き、勢いよく起き上がる。窓《まど》の外はすっかり明るい。枕元《まくらもと》のスマートフォンに目をやると、すでに四つ目のアラームが音を鳴らしていた。

やってしまった……。

あわててベッドから飛《と》び降《お》り、パジャマを脱《ぬ》ぎ捨《す》てて制服の袖《そで》に腕《うで》を通した。

「ひかるー！　起きてるー!?」

階段《かいだん》をかけ下りながら声をかけるが、返事はない。まさかまだ寝《ね》ているのかと不安にな

ったが、玄関《げんかん》をのぞくとひかるのローファーはなくなっていたので、どうやら一人で起きてすでに家を出たあとらしい。

ひかるは入学当初から決めていたとおりバスケ部に入部していたため、毎朝朝練があり、私はいつもそれに合わせて起きていた。

「早起きだけは失敗したことなかったのになあ……」

肩を落として台所に立つ。棚《たな》から食パンを取り出して、トースターに入れて……ダイアルに手をかけたところで、私は動きを止めた。なんだろう、ものすごく食欲《しょくよく》がない。

乾《かわ》いた咳《せき》が一つ出た。

壁《かべ》に掛けてある時計を見ると、時刻《じこく》は七時半。そろそろ家を出なければ間に合わない時間だ。

トースターから食パンを取り出して袋《ふくろ》に戻《もど》す。代わりに冷蔵庫《れいぞうこ》からお茶を取り出すと、コップに注いで一気に飲《の》み干《ほ》した。

「……よし！」

なんとなくぼんやりしていた頭がすっきりしたような気がする。

歯磨《はみが》きをして、手早く朝の支度をすませると、鞄《かばん》を肩にかけて玄関を出た。鍵《かぎ》をかけようと腕《うで》を上げると、手にした紙袋《かみぶくろ》が音を立てる。

『明日の部活、たまには一緒《いっしょ》のもん作りましょう』

珍《めずら》しくやわらかい口調で、珍しいことを言った内海《うつみ》くん。なんだかんだ言って、やっぱり彼《かれ》は優《やさ》しい。

私は小さく笑みをこぼして家の鍵《かぎ》をかけた。


学校に着くなり、朝練を終えて体育館から戻《もど》ってくる生徒たちの中に、見覚えのある背《せ》中《なか》を見つけた。

「春兄《はるにい》!」

「さや。こんな時間に珍しいな……さては寝坊《ねぼう》か?」

「へへ、実は……」

悪戯《いたずら》っぽい笑みを浮《う》かべて言った春兄に、はにかみながら返す。

早起きは三文《さんもん》の得というけれど、寝坊した今日は三百文くらい得をしていそうだ。まあ、一文の価値《かち》なんて知りもしないのだけれど。

「そういえば……内海が家庭科部入ったって本当?」

「あ、うん、そうなの。内海くんってね、料理とか裁縫《さいほう》とかなんでも……」

「……なんでも？」

途中《とちゅう》で言葉を止めた私に、春兄が首を傾《かし》げる。

まずい。内海くん、家事ができるの内緒《ないしょ》にしたいんだった……。

すっかり忘《わす》れていて、うっかり『なんでもできる』と言ってしまいそうになった。

なんとかしてごまかさなければと頭を回転させるけれど、こういうときうまく煙《けむ》に巻《ま》けた試《ため》しはない。

動揺《どうよう》して視線《しせん》をさまよわせていると、春兄は心配そうに私の顔をのぞきこんできた。

「さや、もしかして体調悪いのか？」

その言葉に、また別の意味で胸《むね》が鳴る。

どうやら風邪《かぜ》をひいてしまったようだということには、登校しながらなんとなく気付いていた。しかし、今日は二時間目の数学の授業でミニテストがある。そしてなにより、今日は初めて内海くんと一緒に料理をする日だ。

風邪は幸いそれほどひどくないし、自分で行くと決めた以上、誰《だれ》かに心配をかけたり迷《めい》惑《わく》をかけるのは絶対に嫌《いや》だった。

「全然！　いつもどおりだよ！」

「……そっか」

笑って言うと、春兄《はるにい》は安心したようにほっと息を吐《は》いた。

……ああ、好きだなあ。

こういう時、本当に思い知らされる。春兄の言葉一つ、表情一つに、胸《むね》が高鳴って嬉《うれ》しくなる。

春兄は私にとってずっと憧《あこが》れの存在《そんざい》で……でも、だからこそ、春兄には余計な心配はかけたくない。

「それじゃあ私、こっちだから」

「ああ、またな！」

おたがい手を振《ふ》り合《あ》って、背《せ》を向ける。

朝からこんなに幸せだなんて、もしかして一日分の幸せ使い切っちゃったかなあ……。

気を抜《ぬ》くとゆるみそうになる頰《ほお》に、両手を当ててため息を漏《も》らす。

春兄の優《やさ》しさに触《ふ》れて、ついでにすっかり忘《わす》れていたけれど、内海《うつみ》くんの話もごまかせていた。

私は上機嫌《じょうきげん》なまま軽い足取りで教室に向かった。

放課後、ホームルームを終えた教室からは、部活に向かう生徒や家へと帰る生徒が続々《ぞくぞく》と席を立って出ていく。しかし、私は机《つくえ》に両手をついたまま、腰《こし》を上げられないでいた。

どうしよう。なんだか朝より体調が悪くなってる気がする……。

朝は少し頭痛《ずつう》がして軽い咳《せき》が出る程度だったのに、今は割《わ》れるように頭が痛《いた》いし、寒気《さむけ》もする。

小さく咳をすると、深く息を吐《は》き出《だ》した。

そうは言っても、せっかく内海くんが珍《めずら》しく同じものを作ろうと言ってくれたのだ。行かないわけにはいかない。

今日は前に内海くんが好きだと言っていたチーズケーキを作ろうと考えていた。材料は朝のうちに家庭科室の冷蔵庫《れいぞうこ》に入れてきてある。

よし、大丈夫《だいじょうぶ》。いける。行こう！

自分を鼓舞《こぶ》して勢いよく席を立った。その瞬間《しゅんかん》、教室の床《ゆか》がぐらりと揺《ゆ》れる。地震《じしん》かと思い、あわてて周りの生徒たちに目をやるとみんななにごともなく平然と歩いていた。

どうやら揺《ゆ》れているのは私の世界だけらしい。

私は壁《かべ》に手をついて歩きながら、内海《うつみ》くんの待つ家庭科室へと向かった。

「内海くん、お待たせ！　遅《おそ》くなってごめんね」

ドアを開けて、無理やり元気な声を出して言う。

「ほんまですよ。いったいどこで道草食って……」

振《ふ》り返《かえ》った内海くんが、こちらを見て固まった。

え……まさか風邪《かぜ》がばれた？　いやいや、そんなはずは……。

「……先輩《せんぱい》、鞄《かばん》は？」

「…………へ？」

内海くんの言葉に自分の右肩《みぎかた》を見る。いつもならあるはずの、革製《かわせい》のバッグの持ち手部分がない。

「あ、あれ？　教室に忘《わす》れちゃったのかな……」

乾《かわ》いた笑いをこぼしていると、内海くんは怪訝《けげん》そうに眉《まゆ》を寄せた。

そしてじりじりとこちらに歩み寄ってくる。

「なんか、先輩変やないですか？」

「え⁉　いやいや、変やないですよ……」

「いや、絶対変」

あわてて顔を背《そむ》けて答えるが、きっぱりと否定《ひてい》されてしまった。

内海くん、それじゃあ質問した意味がないよ……。

心の中で言い返しつつ、私も内海くんに合わせてあとずさりする。

「どないしたんですか？　……俺《おれ》には、言えへんことなんですか？」

髪《かみ》の毛を一束《ひとたば》引っ張られて、胸《むね》がどきっと鳴る。視線《しせん》を上げると内海くんは髪の毛をつまんだままじっとこちらを見下ろしていた。少し拗《す》ねたようなその表情に、なんだかそわそわと落ち着かない気持ちになる。

「え……と、そういうわけじゃなくて……その……っほ、本当になんでもないの！」

「あ……先輩、ドア」

内海くんの手から逃《のが》れてドアに向かったはいいけれど、思いきり閉《し》まったドアに額を打ち付けてしまった。

「いた……」

「さやか先輩……」

背後《はいご》から内海《うつみ》くんのあきれた声が聞こえる。私は羞恥《しゅうち》に顔を熱くしながらも、ドアを開けて教室を出た。

二年生の教室は、隣《となり》の校舎の二階にある。私のクラスは一組で、全部で八クラスある教室の中では、家庭科室から見て最も遠い場所にある。いつもは特になんとも思わない距《きょ》離《り》だけれど、今日ばかりはその遠さを呪《のろ》った。

咳《せき》を一つするたびに、額の奥《おく》が針《はり》で刺《さ》したように痛《いた》む。

これは、本格的にやばいかも……。

なんとか教室にたどり着くと、鞄《かばん》を手にふらつきながら来た道を戻《もど》る。

階段《かいだん》を一段ずつ、慎重《しんちょう》にゆっくりと下りていく。しかし、あと残り数段というところで私は大きく足を踏《ふ》み外《はず》した。

思わずぎゅっと目をつぶる。けれど、予想していた衝撃《しょうげき》は訪《おとず》れなかった。

そっと目を開くと、内海《うつみ》くんにしっかりと身体《からだ》を受け止められていた。

しまった、すごい怒《おこ》ってる……。朦朧《もうろう》とした頭で内海くんの顔を見上げて思う。

内海くんは、見たことないくらい眉間《みけん》にしわを寄せて私を見下ろしていた。

そりゃあそうだ。危《あや》うく内海くんを下敷《したじ》きにしてしまうところだったんだから。

「ごめん……」

「……それ、何に謝ってるんですか？」

「え……上に落っこちちゃったから……」

なにを当然なことを聞いているんだろう。

目を瞬《しばた》いて答えるけれど、それを聞いた内海くんはむっとしたようにさらに眉《まゆ》を寄せた。

「あほ言わんでくださいよ。この俺《おれ》が、落ちてくるもん避《よ》けられへんような鈍臭《どんくさ》い男やと思うてるんですか？」

「う、ううん……」

言われてみればそうか。たしかに、内海くんなら私が落ちてきたってさっと避けられそうなものだ。

そう、さっきのは避けられたんだ。

「……あれ……？」

じゃあ、なんで避けなかったんだろ……？

「ああ、もう！　面倒《めんどう》くさっ！」

突然《とつぜん》内海くんが頭を抱《かか》えて叫《さけ》び、反射《はんしゃ》で身体が震《ふる》える。内海くんは、なにか怨念《おんねん》でも籠《こ》もっていそうな深いため息をつくと、私に背《せ》を向けてしゃがみ込《こ》んだ。

「さやか先輩《せんぱい》、おぶって帰ったげるんで背中《せなか》乗ってください」

「……………へ？」

おぶる？　おぶるって、背中乗るって……。

「え、ええ⁉　いい、いいよ！」

ようやく頭が追いつき、両手を振《ふ》って全力で拒否《きょひ》する。けれど、内海《うつみ》くんは顔だけこちらに向けて鋭《するど》い目で私を睨《にら》んだ。

「うるさい！　まともに歩けへんくせに！　ええから乗れ！」

怖《こわ》い。怖すぎる。恥《は》ずかしいとか申《もう》し訳《わけ》ないとか思っていた気持ちが吹《ふ》っ飛《と》び、私は内心おびえながら内海くんの肩《かた》に両手を乗せた。

「わあっ⁉」

その瞬間《しゅんかん》、抱《かか》えられた足が宙《ちゅう》に浮《う》き、あわてて背中にしがみつく。

「スカート大丈夫《だいじょうぶ》ですか？　めくれてません？」

「めくれ……っ⁉　だ、大丈夫です……」

「……なんや」

なんでちょっと残念そうなんだろう……。私は校則にそった膝丈《ひざたけ》のスカートを片手《かたて》で少し直した。

内海くんは床《ゆか》に落ちたままだった鞄《かばん》を拾うと、ゆっくりと歩き出す。

「あの、内海くん、いったいどこに……」

「話聞いてました？　帰るって言ったやないですか」

「でも家庭科室の施錠《せじょう》が……」

「してきました。行《い》き違《ちが》いになったらあかん思うたんで、俺《おれ》の鞄外に置いて。せやから、今からそれ取ってから帰ります」

ゆっくりとしたペースで歩きながら、内海くんはなだめるような声音で言った。

どうしよう。ものすごく迷惑《めいわく》を掛《か》けてしまったみたいだ。

「ごめんね……」

静まりかえった廊下《ろうか》に、私の声がぽつりと落ちる。

「……知らんのですか、先輩。風邪《かぜ》ひいたら王様になれるんですよ」

「……へ？　王様？」

なんというか、内海くんらしくない言葉だ。内海くんも自分でそう思っているのか、髪《かみ》の毛からのぞく耳の端《はし》が少し赤い。けれど内海《うつみ》くんは、やけになったように言葉を続けた。

「そうです！　こん日だけは、誰《だれ》でも王様！　せやから……」

内海くんの足が止まる。

「……せやから先輩《せんぱい》も、もっと我儘《わがまま》言うてもええんですよ」

つぶやくようにそう言った内海くんの声は、まるで労《いた》わるようだった。

開いた窓《まど》から風が吹《ふ》き込《こ》み、内海くんのやわらかな髪《かみ》が頬《ほお》をくすぐる。私はなんだか泣きたいような気持ちになって、少し顔をうつむけた。

◆

「あの、内海くん。腕大丈夫《うでだいじょうぶ》……？」

「なに言うてんですか。大丈夫に決まっとりますやろ」

心配そうにベッドの上から見上げてきたさやか先輩に、ふんと鼻を鳴らして答える。

あほか。たかだか三十分、先輩背負《せお》って歩いたくらいで……。

「本当に？　でも……」

不意に先輩が俺《おれ》の腕に触《ふ》れる。

「く……っ」

軽い刺激《しげき》を受けた腕は、長時間正座《せいざ》をした足のように痺《しび》れていた。唇《くちびる》を噛《か》みしめてそれに耐《た》える。

「あ……ご、ごめん……」

「……は？　何が……」

謝るさやか先輩から視線《しせん》をそらし、強気に笑ってみせる。

べ、べつに痩《や》せ我慢《がまん》とかしてへんで⁉　ほんまにたいしたことないねん、こんくらい！

「ええから先輩は、おとなしく寝《ね》とってください」

「はい……」

さやか先輩は軽く首をすくめて布団《ふとん》にもぐった。

薬飲む前に、なんか腹《はら》に入れたほうがええやろな。何を作るか考えながら、先輩の部屋を出ようと踵《きびす》を返す。

「……ごめんね、内海くん」

かすれた小さな声が背後《はいご》から聞こえ、ゆっくりと振《ふ》り返った。熱のせいか、わずかに頬を赤く染《そ》めた先輩《せんぱい》は、半分くらい布団《ふとん》に顔を埋《うず》めて困《こま》ったような顔をしていた。

慣れてないんやろなと思った。無償《むしょう》の優《やさ》しさとか、そういうもんに。せやから先輩は、優しくするたびに困《こま》った顔をする。

そんな先輩を見ていると、どうしようもなくもどかしい気持ちになった。

もっと、甘《あま》えればええのに。先輩の頼《たの》みなら、俺《おれ》がなんでも叶《かな》えたるのに……。

「……あほ」

つぶやくように言うと、さやか先輩に背《せ》を向けて部屋を出た。

俺の家には、いつだって誰《だれ》かがいた。風邪《かぜ》なんてひこうものなら、家族が代《か》わる代《が》わる看病《かんびょう》にきて、鬱陶《うっとう》しいくらいだった。

階段《かいだん》を下りると、ドアを開けてリビングに入る。リビングは夕日が差し込《こ》み、優しいオレンジ色の光に包まれていた。

広いリビング、高そうな皮のソファ、大理石でできたキッチンカウンター。

初めてこの家に来たときは、なにもかもがまぶしく、うらやましいと思えたのに、今はそれらが全て虚《むな》しく見えた。

きっと、先輩が欲《ほ》しいのはこんなものやない。

「……よし」

ぎゅっと腕《うで》まくりをすると、俺はキッチンへと向かった。

◇

声が、聞こえた。

『さや、さや……』

優しい声。お母さんの声だ。

『ごめんね、また仕事でしばらく帰れないの……』

そう言ってお母さんは私の頭を撫《な》でる。

『やだ、やだあ！　今週はずっと一緒《いっしょ》だって言ったじゃん！』

幼《おさな》い妹は、お父さんの腕に抱《だ》かれて泣きながら駄々《だだ》をこねていた。お父さんとお母さんは、申《もう》し訳《わけ》なさそうに、悲しそうに顔を曇《くも》らせる。

やめて。そんな顔、しないで。

二人が悲しいと、私まで悲しくなる。

大丈夫《だいじょうぶ》だよ。さや、いい子で待ってるから。ひかるの面倒《めんどう》だって、ちゃんと見るよ。

だからお願い。そんな顔、しないで……。


「――い、さやか先輩《せんぱい》」

枕元《まくらもと》で聞こえた声に、そっとまぶたを開ける。薄暗《うすぐら》い部屋の中、サイドテーブルに置かれたキャンドル型のライトが淡《あわ》い光を放っているのが見えた。顔を上げると心配そうに私を見下ろす内海《うつみ》くんの顔がある。

「うなされてましたけど……大丈夫《だいじょうぶ》ですか?」

内海くんがそう言って、私の手を握《にぎ》っていた手に力を込《こ》めた。

手……握っててくれてたんだ。

「あ……すみません」

私の視線《しせん》に気付いて、内海くんが手を離《はな》そうとする。その手を咄嗟《とっさ》に握り返した。

「先輩……?」

内海くんが戸惑《とまど》ったような顔で私を見る。

「ごめん……」

迷惑《めいわく》かけたくない。困《こま》らせたくない。そう思うのに、内海くんの手を離せない。

「……先輩、俺《おれ》さっき言ったやないですか。今日は我儘《わがまま》言ってもええ日やって」

そう言って内海くんは、両手で私の手を包み込む。

「なんでも言ってください。俺には叶《かな》えられへんことかもしれへんけど……でも、聞きたいんです。先輩のほんまの気持ち」

「……でも」

こんなの駄目《だめ》だ。こんなこと、思ったらいけない。

必死で自分に言い聞かせて、こみあげてくる感情を押《お》し殺《ころ》そうとする。

けれど内海くんの手があたたかくて、優《やさ》しくて、気が付くとすがるみたいにその手を握りしめていた。

「……寂《さび》しかった」

口に出して言うと、罪悪感が胸《むね》を締《し》めつけて、でも想いは堰《せき》を切ったようにあふれてくる。

「仕事だから仕方ないって、わかってる。お父さんもお母さんも、好きで家を留守にしてるわけじゃないって、ちゃんとわかってるの」

「……はい」

言《い》い訳《わけ》みたいな言葉を重ねる私に、内海《うつみ》くんは大丈夫《だいじょうぶ》だというように手を握《にぎ》ったままうなずいてくれる。

ものわかりのいいふりをして、その実、私はこんな我儘《わがまま》な人間なんだ。幼《おさな》い頃《ころ》、お父さんとお母さんが玄関《げんかん》のドアを開けて出ていくとき、駄目《だめ》だって思いながらも、本当はいつだって引き止めたかった。家族四人でできたてのごはんを食べたいって、ずっと思っていた。

「……本当は、寂《さび》しかった。本当はずっと、一緒《いっしょ》にいてって言いたかったの……」

絞《しぼ》り出《だ》すように言うと、視界《しかい》がにじんで頰《ほお》を熱いものが伝った。

「……悪いとか、思わんでええんですよ」

内海くんの手がのびて、私の頰を拭《ぬぐ》う。

「だって先輩《せんぱい》、二人のこと好きなんやろ。好きやったら、一緒にいてほしいて思うの当たり前やし、普通《ふつう》のことやないですか」

普通の、こと……。

「それでええんですよ。先輩はなにも間違《まちが》ってへんです」

微笑《ほほえ》んで内海くんが私の顔をのぞきこむ。

「……そっか……」

いいんだ、これで。そう思うと、同時に少し肩《かた》の力が抜《ぬ》けたような気がした。

寂しいって思うことは、間違いじゃなくて……私は寂しいって思ってもいいんだ。

「泣きたいだけ泣いてください。……俺《おれ》がそばにいますから」

内海くんの言葉が、ぐちゃぐちゃに絡《から》まっていた心をほどいてくれる。

お父さんとお母さんの仕事のことをわかっていると言った、あの言葉は嘘《うそ》ではない。二人に仕事をやめさせたいとか、そんなことは少しも思っていない。だけど、私はずっと寂しくて、その気持ちを内海くんはわかってくれて……。

なにかが変わったわけではないのに、こんなにも救われたような気持ちになるなんて、知らなかった。

私は内海くんの手を握りしめたまま静かに泣いた。こんなふうに素直に泣いたのは、とても久しぶりのことだった。

泣いている間はずっと胸《むね》が苦しくて。けれどたくさん泣いたあとに残ったのは、悲しさや寂しさではなく、内海くんがくれた言葉のあたたかさだった。

「さやか先輩《せんぱい》、たまご雑炊《ぞうすい》作ったんですけど、食べれますか？」

しばらくして私が落ち着いた頃《ころ》、内海《うつみ》くんが私の手を離《はな》して聞いた。

「……ん」

今さらながら泣いたところを見られたのが気恥《きは》ずかしくて、伏《ふ》し目《め》がちに答える。

病気で気弱になっていたとはいえ、高校生にもなってお父さんとお母さんが恋《こい》しくて泣くなんて。しかも、私は内海くんより歳上《としうえ》なのに……。

内海くんはそんな私の心情に気付いていないのか、それとも気付いていて気付いていないふりをしてくれているのか。わからないけれど、なにごともなかったかのように私の背《せ》中《なか》に手を添《そ》えて、起き上がるのを手伝ってくれる。

「先に水どうぞ」

内海くんがピッチャーの水をコップに注いで手渡《てわた》してくれる。一口飲むと少し喉《のど》が痛《いた》んだけれど、水分が染《し》みわたり、生き返るような心地がした。

少し頭がすっきりして、ベッド脇《わき》に椅子《いす》を持ってきて腰掛《こしか》けた内海くんを見上げる。

「ほな、先輩。口開けて」

かけられた言葉と差し出されたスプーンに思わず目を見張る。

いい、いい！　無理、無理！

喉が痛くてうまくしゃべれないので必死に首を横に振《ふ》って意思表示する。

「なんでですか？　あ、もしかして先輩猫舌《ねこじた》？」

違《ちが》う、違う！　そうじゃないっ！

私はなおも首を横に振ったが、内海くんはそんな私にはかまわず、スプーンに息を吹《ふ》きかけて雑炊を冷ました。

「はい、先輩。あーん」

子どもにするように、自分も口を開けてスプーンを差し出す内海くんに、私の顔は一気に熱くなった。

もともと内海くんは、うちの高校一の美少年なのだ。それがこんな可愛《かわい》い仕草をするなんて、きっと私が男でもどきどきするに決まってる。

私は思わず小さく口を開けた。内海くんは、ゆっくりと私の口にスプーンを運ぶ。

内海くんの作った雑炊は、なんだかなつかしくて優《やさ》しい味がした。お腹《なか》の底からじんわりと熱がひろがり、身体《からだ》があたたかくなる。

「はい、もう一口」

頭がふわふわしてきて、言われるがままにまた口を開ける。内海《うつみ》くんは雑炊《ぞうすい》をすくっては私の口に運んで、私は餌《えさ》を与《あた》えられる雛鳥《ひなどり》みたいに次々《つぎつぎ》とそれを口にした。

こんな風に誰《だれ》かに甘《あま》えたのは、いったいいつ以来だろう。

与えられる優《やさ》しさが、くすぐったくて、そわそわして、落ち着かない。落ち着かないけれど……でも、嫌《いや》じゃなかった。

「……あ、もうないわ。先輩《せんぱい》、おかわりいります？」

空《から》になった器《うつわ》を見せて問いかけてきた内海くんに、首を横に振《ふ》って答える。

「……そお」

だから、なんでちょっと残念そうなの……。

内海くんは少し唇《くちびる》をとがらせて、器の載《の》ったお盆《ぼん》を背後《はいご》のローテーブルに置いて振り返る。

「ほな、薬飲んでください。二錠《じょう》ともですよ」

アルミのシートを押《お》し出《だ》して、私のてのひらの上に丸い錠剤《じょうざい》を二つ落とす。

私はずっと握《にぎ》りしめたままだったコップの水で、薬を流《なが》し込《こ》んだ。手をのばしてきた内海くんにコップを渡《わた》すと、そのままずるずると布団《ふとん》にもぐりこむ。

心もお腹《なか》も満たされて、満たされすぎてちょっと苦しいくらいだった。

「……ここ、サイドテーブルんとこに水置いときますから、飲みたくなったら注いで飲んでくださいね」

「ん……」

内海くんの声に目を閉《と》じて夢見心地でうなずく。まるで身体《からだ》が宙《ちゅう》に浮《う》いているみたいな気分だ。

不意に前髪《まえがみ》を上げられる感触《かんしょく》がして、冷たい指らしきものが額に触《ふ》れた。一瞬《いっしゅん》驚《おどろ》いたけれど、火照《ほて》った身体にはその冷たさがちょうどいい。

「気持ち……」

思わずつぶやくと、額にあった手が滑《すべ》り、頬《ほお》に添《そ》えられた。それがくすぐったくて、思わず小さく笑う。

すると、頬に当てた手はそのままに、ベッドにもう片方《かたほう》の手を付く気配がした。目を開けると、内海くんは眉《まゆ》を寄せてこちらを見下ろしていた。

その切なげな、熱の籠《こ》もった眼差《まなざ》しに、金縛《かなしば》りにあったかのように身体が動かなくなる。スプリングの軋《きし》む音がして、顔に濃《こ》い影《かげ》が落ちた。

そのとき、不意に一階からインターホンの鳴る音が響《ひび》いて聞こえた。

内海くんは、はっとした様子で起き上がると、私に背《せ》を向けて立ち上がった。

今のは……なんだったんだろう……。

ようやく頭が追いついて、じわじわと顔に熱が集中する。心臓《しんぞう》がうるさいくらいに鳴って、息をするのも苦しい。

私は窓際《まどぎわ》に立つ内海《うつみ》くんにおそるおそる視線《しせん》をやった。

その瞬間《しゅんかん》、また心臓が大きく脈打つ。

「は……」

「……つみ、くん……?」

窓《まど》の外を見下ろして力なく笑った内海くんに、戸惑《とまど》いながらも声をかける。

「よかったですね、先輩《せんぱい》。お待ちかねの人が来てくれましたよ」

「え……?」

「……三井《みつい》先輩ですよ」

私を振《ふ》り返《かえ》って内海くんが言う。

春兄《はるにい》が、なんで家に……? というか、『お待ちかねの人』って、まさか内海くん私の気持ち知って……？

気付いた瞬間《しゅんかん》、かっと頰《ほお》が熱くなる。真っ赤に染《そ》まっているであろう私の顔を見ると、内海《うつみ》くんはまた小さく笑った。

「……嬉《うれ》しそーな顔」

そうつぶやいた内海くんの表情が、ひどく傷《きず》ついているように見えて、私はますます戸《と》惑《まど》った。

どうして、そんな顔するの。

なにか言いたくて、でもなにを言っていいのかわからない。

どうすることもできないまま視線《しせん》を落とすと、再び呼《よ》び鈴《りん》の鳴る音が響《ひび》いた。

「ほな、俺《おれ》は帰りますから」

内海くんはそう言って鞄《かばん》を手に取ると、部屋のドアノブに手を掛《か》けた。

「……また来週、さやか先輩《せんぱい》」

そう言い残すと、こちらを振《ふ》り返《かえ》らないまま部屋を出て行く。階段《かいだん》を下りる規則的な足音を聞きながら、私は内海くんが出て行ったドアを見つめていた。

わからない。内海くんの表情も、言葉の意味も……どうしてこんなに胸《むね》が痛《いた》むのかも。

◆

あほか、俺《おれ》。ほんまなにしてんねやろ……。

階段《かいだん》を一段一段下りながら、鞄を持つ手に力を込《こ》める。

さやか先輩が三井《みつい》先輩を好きなことは、最初から知っていた。知っていて、最初から叶《かな》うはずがないとわかっていて、先輩を好きになった。

せやのに、なにを期待してたんやろ。

先輩が甘《あま》えてくれるのが、すぐ触《ふ》れられる距離《きょり》にいるのが嬉《うれ》しくて……それが、自分だけに許された特別なものだと錯覚《さっかく》してしまった。

「……内海……？」

スニーカーをつっかけて玄関《げんかん》のドアを開けると、三井先輩が立っていた。驚《おどろ》いたように俺を見つめる先輩の手には、スポーツドリンクとゼリーらしきものが入ったコンビニの袋《ふくろ》がある。

なんや、気付いたんも俺だけやなかったんやな。

馬鹿馬鹿《ばかばか》しくなって、また、小さな笑いが口からこぼれた。いったい、どこまでみじめな気持ちにさせんねん。

「さやか先輩《せんぱい》、体調悪そうだったので家まで送ったんです。しんどそうだったし、行ってあげてください。……俺《おれ》がいるより、先輩がいたほうがいいでしょうし」

うつむきがちに言って、先輩の横をすり抜《ぬ》ける。

「……ありがとな」

……なんで、三井《みつい》先輩にお礼言われなあかんねん。

唇《くちびる》を噛《か》みしめると、振《ふ》り返《かえ》らないままその場を去った。

みじめで、悔《くや》しくて、馬鹿馬鹿しくて。でも、この行き場のない感情を、どこへぶつければいいのかわからない。

赤信号に足を止めると、俺はそっと右手をひろげてみた。わずかに熱を持ったその手には、まださやか先輩に触《ふ》れたときの感触《かんしょく》が残っているかのようだった。

ほんまに、どないすんねん……。

一度触れてしまったら、もっと触れたくなって、でも満たされないから、渇《かわ》いていく。

なんて不毛な感情なのだろう。いっそのこと切り捨《す》てて、どこかに捨ててこられたらいいのに。

ため息を漏《も》らして、ぎゅっと右手を握《にぎ》りしめる。信号が青に変わり、周りの人たちが歩き出しても、俺はしばらくその場を動くことができなかった。

◇

「……さや、入っていいか？」

控《ひか》えめにドアを叩《たた》く音がして、春兄《はるにい》の声が聞こえてきた。

「うん……」

重い身体《からだ》を起こしてその声に答える。

「……あ、寝《ね》たままでよかったのに」

部屋に入るなり、申《もう》し訳《わけ》なさそうに謝ってきた春兄に首を横に振《ふ》ってみせる。

春兄は部屋の電気をつけると、静かにこちらへ歩み寄りベッド脇《わき》の椅子《いす》に腰掛《こしか》けた。さっきまで、内海《うつみ》くんが座《すわ》っていた椅子だ。

「今朝の様子が気になって様子見にきたんだけど、やっぱり体調悪かったんだな。そういうときは、ちゃんと言えよ」

「うん……ごめん」

春兄《はるにい》の言葉に視線《しせん》を落として謝る。急に明るくなった部屋に、目が慣れなくて目の前がチカチカする。

「怒《おこ》ってるんじゃないんだから、謝るなよ」

春兄は少し困《こま》ったように笑い、手にしていたコンビニの袋《ふくろ》をサイドテーブルに置いた。

「……内海《うつみ》と、仲良いんだな」

つぶやくように言われた言葉に、心臓《しんぞう》がはねる。

べつに特別なことを言われたわけでもないのに、ただ内海くんの名前を聞いただけで落ち着かない気持ちになった。

さっきから、内海くんの顔が頭にこびりついて離《はな》れない。

最後に見せた、あの顔。無理やり笑ったようなあの表情に、どんな意味が込《こ》められていたのかなんてわからない。わからないけれど、なぜだか見ている私のほうまで苦しくなるような笑みだった。

「……さや？」

「あ……ごめん、ぼーっとしてて」

いつの間にかうつむいたまま考え込《かんがこ》んでしまっていたようで、あわてて顔を上げて謝る。

春兄はくしゃりと私の頭を撫《な》でて立ち上がった。

「いや、いいからゆっくり休めよ。急に押《お》しかけてきて、ごめんな」

「ううん、来てくれてありがとう」

私が微笑《ほほえ》んで言うと、春兄もやわらかな笑みを浮《う》かべる。けれど、振《ふ》り返《かえ》った先、ローテーブルの上にあるものを見ると春兄の顔からふっと笑顔が消えた。

「これ……内海が作ったの？」

「あ……」

春兄の視線《しせん》の先には、内海くんが作ってくれた雑炊《ぞうすい》の器《うつわ》が置いてあった。

とたんにさっきの出来事が頭の中で鮮明《せんめい》に浮かび上がる。顔に熱が集中するのを感じて、私はあわててうつむいた。

「……飯食えたんならよかった。ゼリーとか、一応買ってきてたんだけど冷蔵庫《れいぞうこ》に入れてくるよ」

そう言うと、春兄はサイドテーブルに置いていたコンビニの袋《ふくろ》を取った。

「これも、ついでに流しに置いておくな」

「ありがとう……」

雑炊《ぞうすい》の器《うつわ》を手に振《ふ》り返《かえ》った春兄《はるにい》に、視線《しせん》だけ上げてお礼を言う。

「じゃあ、しっかり寝《ね》て休めよ。……おやすみ、さや」

「……おやすみ」

ドアの閉《し》まる音がして春兄の背中《せなか》が見えなくなると、私は唇《くちびる》を噛《か》んでずるずると布団《ふとん》にもぐりこんだ。

今日の私は、本当におかしい。せっかく春兄がお見舞《みま》いに来てくれたのに、終始頭の中は内海《うつみ》くんでいっぱいだった。

春兄は優《やさ》しくて、一緒《いっしょ》にいるとほっとする。だけど、内海くんといると胸《むね》がそわそわして、どこか落ち着かなかった。

この気持ちは、なんなんだろう……。

布団の中で身体《からだ》を丸めてため息をつく。早く寝なければと思ったけど、この日はなかなか眠《ねむ》りにつけなかった。

噂《うわさ》のあいつと調理実習！

uwasano aitsu-ha KATEIKABU

気まずい。なんて気まずいんだ……。

キッチンから聞こえてくる音に耳をすましながら、音を立てないようこっそりと椅子《いす》に座《すわ》り直す。キッチンへ目をやると、内海《うつみ》くんが慣れた手つきでキャベツを切っている。

グツグツと何かを煮《に》る音と、包丁がまな板を叩《たた》く軽快な音。いつもなら心地良いその音たちが、今はただただ私の身を硬《かた》くさせる。

内海くんに家まで送ってもらったあの日から、土日を挟《はさ》んで久しぶりに顔を合わせた今日、月曜日。いつもはダイニングテーブルに座って宿題をしながら、キッチンにいる内海くんと話をするのだけれど、今日はほとんど言葉を交わしていない。何度かなにか話そうと試みてはみたものの、どういうわけか内海くんと目が合うと頭が真っ白になって、なにを話せばいいのかわからなくなるのだ。

そして内海くんは内海くんで、機嫌《きげん》が悪いというふうではないけれど、なんとなく近寄り難《がた》い空気をまとっていて、それが気まずさを助長させている。

だめだ。もう、勉強に集中しよう。英訳《えいやく》、そろそろ当てられそうだし……。

軽く頭を振《ふ》って気持ちを切《き》り替《か》えるとシャーペンを握《にぎ》り直《なお》した。

「さやか先輩《せんぱい》」

「はっ、はい！」

突然《とつぜん》名前を呼《よ》ばれ、私ははじかれたように内海《うつみ》くんを振《ふ》りあおいだ。

「夜ごはん作り終わったんで、俺《おれ》、もう帰りますね」

「あ……」

内海くんはキッチンを出ながら、すでに三角巾《さんかくきん》とエプロンをはずしはじめている。

どうしよう。なにか言わなきゃ……。

立ち上がって内海くんに向き直るけれど、頭にはなんの言葉も浮《う》かんでこない。ただ、心臓《しんぞう》だけが馬鹿《ばか》みたいにうるさく鳴り響《ひび》いている。

「たけのこご飯は、炊《た》き上がったらようほぐしてから器《うつわ》に盛《も》ってください。かれいの煮《に》付《つ》けとほかのおかずは、もう皿に盛ってラップしといたんで、食べるときは温めてから食べてくださいね」

そう言うと、内海くんは鞄《かばん》にエプロンと三角巾をしまい、廊下《ろうか》へと足を向けた。

「ほな先輩、また」

「……うん」

結局、私《わたし》の口から出たのは、そんな短い一言だけだった。ドアの閉《し》まる音がして内海くんが出ていったのがわかると、脱力《だつりょく》して机《つくえ》に突《つ》っ伏《ぷ》した。

本当にどうしちゃったんだろう、私……。

風邪《かぜ》は治ったはずなのに、胸《むね》が詰《つ》まるような息苦しさはいつまで経《た》っても治らない。

でも、このままじゃいけないよね……。

頰《ほお》を机につけたまま、深く息を吐《は》き出《だ》す。

内海くんとは、明日も、明後日《あさって》も、明々後日《しあさって》も顔を合わせるのだ。いつまでも私がこんな態度では、さすがに内海くんも気分が悪いだろう。

でも、いったいどうすれば……。頭を抱《かか》えて目をつぶる。

そのとき、玄関《げんかん》のドアが開く音がして、ひかるの声が響《ひび》いた。

「ただいまー」

「ひかる……おかえり」

真《ま》っ直《す》ぐリビングへとやってきたひかるは、私の隣《となり》の椅子《いす》に荷物を置いてソファに倒《たお》れこんだ。

「あー、疲《つか》れた」

「お疲れ、今日も遅《おそ》かったね」

気付けば窓《まど》の外はもうすっかり暗くなっている。私はカーテンを閉《し》めようと、椅子《いす》を引いて立ち上がった。

そのとき、ひかるの鞄《かばん》に個包装《こほうそう》のカップケーキがぎっしりと詰《つ》まっているのが目に入った。

「これ、どうしたの？」

「え？　あー、それ。なんか二年の先輩《せんぱい》たちからもらったんだ。調理実習で作ったらしいよ。いる？」

ひかるはソファにうつ伏《ぶ》せたまま、顔だけこちらに向けて答える。その言葉に、私は思わず声を上げた。

「そうだ……！」

「なに？　どうしたの？」

「あっ、いや、なんでも……」

目を丸くしたひかるに、あわてて両手を振《ふ》る。思ったより大きな声が出てしまった。

「夜ごはんの支度するね！」

取《と》り繕《つくろ》うように笑いながらキッチンへと移動する。春キャベツとあさりを蒸《む》し煮《に》にしたもの、新じゃがの入った豚汁《とんじる》、たけのこご飯、その他諸々《もろもろ》。キッチンカウンターには、旬《しゅん》の食材を使った色鮮《いろあざ》やかな料理が所狭《ところせま》しと並《なら》んでいる。それらをダイニングテーブルへ運びながら、私は再びこっそりとひかるの鞄《かばん》へ目をやった。

二年生は今、調理実習でカップケーキを作っている。今日はほかのクラスが調理実習だったけれど、明日は私のクラスが調理実習の日だ。

いろいろ迷惑《めいわく》かけたお詫《わ》びに、頑張《がんば》って上手に作って内海《うつみ》くんにあげよう。そう決めると、なんだか気持ちがはずんで楽しくなってきた。

「お姉ちゃん、なんかいいことでもあった？」

料理の並んだダイニングテーブルに座《すわ》ったひかるが首を傾《かし》げる。

「ううん、なんでもないよ」

私は笑顔で首を横に振《ふ》った。

さっきまで気まずさに鬱々《うつうつ》としていた心が、今はまるで嘘《うそ》のように晴れていた。

◆

「内海《うつみ》、今日どうしたんだ？　なんか元気なくねえ？」

昼休憩《きゅうけい》、ひろげた弁当箱をつついていると、前の席に座っていた男子生徒がこちらを振《ふ》り返《かえ》って尋《たず》ねてきた。

頭に派手《はで》な寝癖《ねぐせ》のついたこの男子、小谷健太《こたにけんた》は俺《おれ》の前の席で部活はサッカー部に所属している。

「んー……べつに……」

そっけなく返すと水筒《すいとう》を取り出しお茶を注ぐ。

すると小谷は俺の手からコップを奪《うば》い、お茶をすすった。

「いや、おかしいね。内海がこんな素直に俺にお茶をくれるなんて……っいて！」

「誰《だれ》がいつおまえにやったんだよ」

小谷の頭に軽くゲンコツを落としてコップを奪い返す。小谷は大袈裟《おおげさ》に頭をさすりながら、窺《うかが》うような視線《しせん》を寄越《よこ》してきた。その視線に気付いていないふりをして、再び箸《ばし》を持つ。

小谷は無神経そうに見えるが、時々《ときどき》こうして鋭《するど》いときがある。しかし、今の俺《おれ》は小谷の言葉を素直に受け取りたくなかった。

元気ないとか、だっさいわ……。ああなるやろなってことくらい、予想できとったはずやのに。

昨日俺は、ハウスキーパーのバイトでさやか先輩《せんぱい》の家へ行った。

金曜日、あんなに好き勝手してしまったのだ。警戒《けいかい》されて、避《さ》けられてしまうかもしれないということは覚悟《かくご》していたつもりだった。しかし、実際ああもまともに口もきいてもらえないとなると、さすがに堪《こた》えてしまった。

いやまあ俺も、必要以上に話しかけたりはせえへんかったんやけど……。

「内海ー、二年の先輩が呼《よ》んでるぞー！」

ふと、教室のドアのほうから男子生徒の呼ぶ声が響《ひび》いた。その言葉に、勢いよく立ち上がってドアを振り返る。

しかし、ドアの前に立っていたのは一瞬《いっしゅん》頭をよぎった人物ではなく、三、四人の女子バスケ部の先輩たちだった。

「先輩《せんぱい》たち……どうしたんですか？」

正直がっかりしていたが、その気持ちを顔に出さないよう抑《おさ》えつつ、ドアの方へと歩いていく。先輩たちの中にはさやか先輩の友だちの長崎《ながさき》先輩もいて、俺《おれ》の顔を見るなりひらひらと手を振《ふ》ってみせた。

「内海《うつみ》くん久しぶりー！　あのね、さっき調理実習でカップケーキ作ったんだけど、よかったら食べてくれない？」

「え……いいんですか？」

差し出されたカップケーキたちに思わず目を瞬《しばたた》く。

すると、長崎先輩のうしろにいた数人の女子生徒が、身を乗り出して勢い込《こ》んで話し始めた。

「いいの、いいの！　もらって！」

「実は昨日はほかのクラスで調理実習だったんだけど、そのクラスの男子バスケ部員、みーんなひかるにケーキあげててさあ！」

「そー！　ひかるちゃんは悪くないんだけど、男子の奴《やつ》らデレデレしちゃって本当ムカついたから、それなら私たちは内海くんにもらってもらおうってなって！」

「ひかるに対抗《たいこう》できる男子なんて、内海くんくらいしかいないしね」

最後に長崎先輩が笑ってそう締《し》めくくった。

よくわからないが、どうやら当てつけのために利用されているらしい。

「ってことで、はい！　受け取って」

「ありがとうございます……」

そうか……二年生、今調理実習やっとったんか……。

押《お》し付《つ》けるようにして渡《わた》されたカップケーキたちに視線《しせん》を落とす。

きっと、さやか先輩は三井《みつい》先輩にあげるんやろな。

「……内海くん、どうかした？」

「あ……」

心配そうに尋《たず》ねられ、あわててうつむいていた顔を上げる。

「すみません、ぼーっとしてしまって……」

そう言いながらいつものように笑おうとして、しかしうまく笑えず、笑みはしぼむように消えていった。

「もしかして、体調悪いんじゃない？　保健室行ってきたら？」

「……そうですね、ありがとうございます」

「ううん、お大事にね！」

先輩《せんぱい》たちは手を振《ふ》りながら去っていった。

「すっげー、なにこれ手作りのカップケーキ⁉　いいよなあ、イケメンは！　人生イージーモードで」

個包装《こほうそう》のカップケーキを鞄《かばん》にしまっていると、小谷《こたに》がうらやましそうに唇《くちびる》をとがらせた。

「……どこがイージーモードやねん」

「え？　今なんか言った？」

「……なにも」

小さく息を吐《は》くと、ひろげていた弁当を片付《かたづ》けて小谷に背《せ》を向けた。

「内海《うつみ》？　どこ行くんだよ」

「……保健室」

それだけ言って、教室を出ていく。

なにげなく窓《まど》の外を見ると、家庭科室の前の廊下《ろうか》に集まる生徒たちが見えた。その中に、ある姿《すがた》を見つけて思わず足が止まる。

少し癖《くせ》のある髪《かみ》を一つにくくり、なにやら一生懸命《いっしょうけんめい》教科書を読んでいる。三井《みつい》先輩にあげるために、頑張《がんば》って予習しているのだろうか。

開いた窓《まど》に腕《うで》を置き、その上に頭を乗せた。そして、決してこちらを向くことのないその姿《すがた》を、見えなくなるまでぼんやりと見つめていた。

◇

放課後、家庭科室へ向かおうとしていた私は、廊下《ろうか》の先に見つけたうしろ姿に声をかけた。

「千夏《ちなつ》ちゃん！」

「あ、さやか」

千夏ちゃんはかけよる私に気付くと足を止めて振《ふ》り返る。

「千夏ちゃん、カップケーキうまく作れた？　早瀬《はやせ》くんにあげるんだったよね」

「……は？　早瀬？　誰《だれ》よ、そいつ」

なにげなく口にした言葉に、千夏ちゃんは笑いながら返した。しかし、その目は全く笑っていない。

「な、なにかあったの……？」

おそるおそる千夏《ちなつ》ちゃんの顔を見上げて尋《たず》ねる。

早瀬《はやせ》くんは、千夏ちゃんと同じバスケ部の二年生で、千夏ちゃんは早瀬くんのことが一年生のときからずっと好きだった。二人は普段《ふだん》から仲もよく、調理実習でカップケーキを作ると決まったときには、千夏ちゃんは早瀬くんと交換《こうかん》することになったんだと嬉《うれ》しそうに私に報告してきていた。

「あいつ、昨日調理実習だったんだけど、私と約束してたくせに、ひかるにあげてたんだよ⁉　本当最低！」

「ひ、ひかるに……？」

千夏ちゃんの言葉によみがえるのは、昨日見た、カップケーキが詰《つ》まったひかるの鞄《かばん》で。

な、なんだか申《もう》し訳《わけ》ない……。

なんと声をかけたらいいものかと頭を悩《なや》ませていると、千夏ちゃんは腕《うで》を組んでそっぽを向いた。

「ま、べつにいいけどね！　私だってめちゃくちゃイケメンの後輩《こうはい》にあげたから！」

「……？　誰《だれ》にあげたの？」

「さやかの後輩《こうはい》の内海《うつみ》くんだよ」

「え……」

千夏ちゃん、内海くんにあげたんだ……。

内海くん、喜んだだろうな。千夏ちゃんのこと可愛《かわい》いって言ってたし……。

「でも内海くんなんか元気なかったんだよねー。保健室行くって言ってたけど、大丈夫《だいじょうぶ》かなあ」

「…………」

「……さやか？」

「あ……」

うつむいたまま考《かんが》え込《こ》んでしまっていたらしい。

訝《いぶか》しげな視線《しせん》を寄越《よこ》してきた千夏ちゃんに、私はあわてて取《と》り繕《つくろ》うように笑みを浮《う》かべた。

「ごめん、なんでもないよ。……あ、じゃあ私はこっちだから……」

「ん、じゃあまた明日ねー！」

千夏《ちなつ》ちゃんと手を振《ふ》り合《あ》って別れると、私は真《ま》っ直《す》ぐに家庭科室へ向かった。

教室の前に立ち、ドアに手をかけるが、鍵《かぎ》がかかっていて開かない。

いつもは内海《うつみ》くんのほうが早く来て、教室の鍵を開けて待っているのだけれど、今日はまだ来ていないようだ。

『保健室行くって言ってたけど……』

千夏ちゃんの声がふと頭によみがえる。ここにいないということは、まだ保健室で寝《ね》ていたりするのだろうか。

あわてて踵《きびす》を返して保健室に向かう。

ひょっとして、昨日も具合が悪かったのかな……。

昨日も内海《うつみ》くんはいつもと違《ちが》って様子が少し変だった。自分の気持ちでいっぱいいっぱいでそこまで考えが至《いた》らなかったが、もしかして昨日から具合が悪かったのだろうか。

そうだとしたら、かなり申《もう》し訳《わけ》ない。自分は家まで送ってもらい、ご飯まで作ってもらっておきながら……。

「あ……」

そこまで考え、はっと気付いて足を止めた。

今日より前から内海くんの具合が悪かったのだとしたら、まさかそれは、私の風邪《かぜ》がうつってしまったせいなのではないだろうか。

最低だ、私《わたし》。なにやってるんだろう……。

思わず唇《くちびる》を噛《か》みしめる。

……内海くんのところへ行こう。行って謝らなきゃ。風邪《かぜ》をうつしたことも、それに気付けなかったことも、よそよそしい態度をとってしまったことも。

歩くたび、鞄《かばん》の中でカップケーキの包みが小さな音を立てる。

内海くん、もらってくれるかな……。

体調が悪いなら、今日は食べられないかもしれないけれど、ごめんねとありがとうの気持ちを込《こ》めて一生懸命《いっしょうけんめい》作ったこのカップケーキは、ほかの誰《だれ》でもなく、やっぱり内海くんにもらってほしいと思った。

「失礼します……」

できるだけ音を立てないよう、そっと保健室のドアを開ける。廊下《ろうか》から保健室の中を見《み》渡《わた》してみるけれど、先生の姿《すがた》はどこにも見当たらなかった。

どうしようかと迷いながらも保健室に足を踏《ふ》み入れる。

すっかり暖《あたた》かくなり、暖房《だんぼう》を使わなくなった保健室の窓《まど》は開け放たれ、風でカーテンが音を立てて揺《ゆ》れている。

その窓のそばに並《なら》んだ三つのベッド。一つは誰《だれ》かが寝《ね》ているようで、周りを囲むようにカーテンがひいてあった。

「内海《うつみ》くん……？」

ベッドに近付き、控《ひか》えめな声で尋《たず》ねてみるが、反応はない。

カーテンを開けて、誰がいるのか確かめてみようか。でも、違《ちが》う人だったら……。

しばらくの間ベッドの前で躊躇《ちゅうちょ》していたが、覚悟《かくご》を決めると少しだけカーテンをひいて中をのぞいた。

「あ……」

ベッドの上では内海くんが寝ていて、わずかに口を開けて寝息《ねいき》をたてていた。意志の強そうな目は閉《と》じられ、その姿はいつもより少しだけ幼《おさな》く見えた。

吸《す》い寄《よ》せられるようにベッドへ歩み寄る。

「……内海くん」

そっと声をかけてみるけれど、眠《ねむ》りが深いのか、内海くんは目を開けない。

早くカーテンを開けてここを出ていかなきゃ。

熟睡《じゅくすい》しているようだし、起こしたりしたらかわいそうだ。それに、寝顔《ねがお》をこっそり見るなんてよくない。よくない……のに、なぜか内海くんから目が離《はな》せない。

胸《むね》が早鐘《はやがね》を打って、緊張《きんちょう》で指先が痺《しび》れるくらいなのに、昨日みたいに逃《に》げ出《だ》したいとは思わなかった。むしろ、女の子みたいなこの綺麗《きれい》な肌《はだ》に触《ふ》れてみたいと思う。

枕元《まくらもと》で足を止めた私は、そっと手をのばして内海くんの頬《ほお》に触れた。

うわ……すべすべだ。触れた指先から伝わるそのなめらかさに、思わず感動する。軽く人差し指で押《お》してみると、思ったよりやわらかくて弾力《だんりょく》があった。

……って、私、なにしてるんだろう。これは、見つかったらセクハラで訴《うった》えられるレベルじゃない？

まずいまずい。セクハラは男からだけでなく、女からのものもあるんだって、前に先生が言っていたし。

あわてて触れた指先を内海くんから離そうとする。

「……なにしてんですか、先輩《せんぱい》」

突然《とつぜん》内海くんの目が開いて、その鋭《するど》い目が私を捉《とら》えた。そして離そうとしていた手をぎゅっと握《にぎ》られる。

私がなにも言えずに固まっていると、内海《うつみ》くんは無言で握る力を強くした。すると、なんだか急に握られた手を意識してしまい、顔に熱が集中する。

内海くんは私から視線《しせん》を外《はず》さないまま、ゆっくりと身体《からだ》を起こした。その視線に耐《た》えきれなくなり、つい顔を背《そむ》けてしまう。

「手……離《はな》し……」

「嫌《いや》」

きっぱりと断られ、思わず内海くんを見る。

内海くんは読めない表情で私を見上げていた。

「ねえ、先輩。答えてくださいよ。……今、なにしてたんですか？」

なにか答えなきゃ。そうあせればあせるほど、頭の中は真っ白になってなにも考えられなくなる。

肩《かた》にかけていた鞄《かばん》を、もう片方《かたほう》の手で強く握りしめた。すると腕《うで》と脇《わき》の間に挟《はさ》まれて、鞄の中からカサッと小さな音が聞こえた。

その瞬間《しゅんかん》、私ははじかれたように口を開いた。

「カ、カップケーキ！」

「……は？」

突然《とつぜん》私の口から飛び出した単語に、内海くんが眉《まゆ》を寄せる。

私はそんな内海くんにはかまわず、肩《かた》にかけていた鞄《かばん》を下ろすと、急いでその中から袋《ふくろ》に入ったカップケーキを取り出した。

「これ、内海くんにあげようと思って……」

火照《ほて》った顔をうつむけて、内海くんにカップケーキを差し出す。しかし、いくら待っても内海くんからはなんの反応もない。

おそるおそる顔を上げてみる。

「……へ……？」

予想外の反応に戸惑《とまど》いの声を漏《も》らすと、内海くんは手の甲《こう》で口元を覆《おお》って視線をそらした。その頬《ほお》は、どういうわけか真っ赤に染《そ》まっていた。

「意味わかれへん……なんやねん、ほんまに……」

困《こま》ったような、それでいてほんの少し泣きそうな、そんな表情で内海くんが言う。

「……それ、ほんまに俺《おれ》になんですか？　誰《だれ》かと間違《まちが》えてへんのですか？」

「間違《まちが》えてないよ……？」

内海《うつみ》くんが何を言いたいのかわからず、若干《じゃっかん》首を傾《かし》げながら言うと、内海くんはますます顔を赤くしてうつむいた。

「むかつく……」

「え？」

「……さやか先輩《せんぱい》、めっちゃむかつく」

つぶやくように言われた言葉に、思わず息をのむ。

「ご、ごめん。私にしてはうまくできたと思ったんだけど、内海くんからしたらやっぱりこんなカップケーキは許せないよね……」

自分で言いながら、なんだか悲しくなってきた。唇《くちびる》を噛《か》みしめて腕《うで》を引《ひ》っ込《こ》める。

すると内海くんは、あせったように身を乗り出して私の手を取った。

「ま、待って！」

触《ふ》れた手の熱さに、無意識のうちに肩《かた》がはねる。そっと視線《しせん》を上げると、内海くんと至《し》近距離《きんきょり》で目が合った。

「……う、内海くん……？」

口を開いたまま固まってしまった内海くんに、戸惑《とまど》いながらも声をかける。

しかし内海くんは、耳まで顔を真っ赤に染《そ》めたまま黙《だま》り込《こ》んでしまった。

風邪《かぜ》相当ひどいみたいだな……。

「大丈夫《だいじょうぶ》？　どうしよう、内海くんおぶって帰れるかな……」

「……このタイミングで、ようそんなボケかませますね。いや、ちょっとお願いしたい気もしますけど……」

「え、やったほうがいい⁉」

「……もう、先輩は黙《だま》っとってください」

内海くんはなぜか疲《つか》れたように肩を落として脱力《だつりょく》した。その拍子《ひょうし》に内海くんの手もゆるむ。

そっと腕を引っ込めようとすると、内海くんは少しだけ視線を上げて、さりげなく私の手からカップケーキを奪《うば》った。

「これはもろうて帰ります。返せ言うても、もう返しませんからね」

まるで怒《おこ》っているかのような口調で、内海くんが言う。

「う、うん……」

うなずいてみせると、内海《うつみ》くんはまた少し困《こま》ったような表情を見せた。

やっぱり本当はいらないんじゃないのかな……。

無理してもらってくれているとすれば、それはそれで内海くんのキャラではない気もするけれど、内海くんの表情一つで落ち着かなくなり、どうしようもなく不安になってしまうのだ。

内海くんはベッドのうしろにある棚《たな》から鞄《かばん》を取り出すと、膝《ひざ》の上に置いてファスナーを開けた。中から個包装《こほうそう》のカップケーキが見える。

「それ……」

「え、ああこれ。長崎先輩《ながさきせんぱい》らからもらったやつです」

内海くんはさらりと答えてそのカップケーキの上に私のカップケーキを置く。

「……カップケーキ、もらって嬉《うれ》しかった？」

「…………嬉しくないわけ、ないやん」

嚙《か》みしめるように言った内海くんの横顔を見ながら、唐突《とうとつ》に胸《むね》を襲《おそ》った痛《いた》みに私はうつむいた。

なんで……？　なんでこんなに胸が痛いんだろう……。

胸を締《し》めつける痛みの理由がわからなくて、内海くんに返す言葉すら浮《う》かんでこない。

「ほかに好きな人おるんやて、わかっとるけど……せやけど、やっぱり嬉しいもんは嬉しいです」

うつむいたまま黙《だま》り込《こ》んでいると、内海くんがためらいがちに言った。

「それって……」

「先に言うときますけど、変に気い使わんでくださいよ。……今までどおり接してくれたらええですから」

「……うん」

内海くんの言葉に、半《なか》ば呆然《ぼうぜん》としたままうなずく。

内海くん、千夏《ちなつ》ちゃんのことが好きだったんだ……。

それで、千夏ちゃんは早瀬《はやせ》くんが好きだってことも、もう知ってるんだ。

頭が状況《じょうきょう》を理解していくうちに、胸の痛みはどんどん増していく。

それでも……片思《かたおも》いだってわかっていても、内海くんは千夏ちゃんが好きなんだ……。

そう思った瞬間《しゅんかん》、胸が刺《さ》すように痛み、固く目をつぶってうつむいた。

「あほやな。なんで先輩が落ち込むんですか」

内海《うつみ》くんがかすかに笑って言う。

「……ほんまに、お人好《ひとよ》しもええところやわ」

……違《ちが》う。違うよ。悲しいのは、内海くんに同情してるからじゃない。私は、そんなに優《やさ》しい人間じゃないんだよ。

そう言いたいのに、声を出したらいろいろなものがあふれてきそうで、私はただただ首を横に振《ふ》った。

内海くんは鞄《かばん》を手にベッドから降《お》りると、そんな私をなだめるように、頭に手を置いた。

「今日は俺《おれ》、帰ります。せやけど、明日にはちゃんと普通《ふつう》に戻《もど》ってますから。……明日こそ、チーズケーキ一緒《いっしょ》に作りましょう」

カーテンをひく音がして、続いて静かな保健室に内海くんの足音が響《ひび》いた。

私はドアが開く音がして、内海くんの足音が聞こえなくなっても、しばらくの間振り返ることすらできなかった。

◆

「はあ……」

もう何度目か知れないため息が、狭《せま》い和室に落ちる。

帰ってからずっとつけっぱなしにしているテレビからは、楽しそうな笑い声が響《ひび》いているが、その内容はちっとも頭に入ってこない。

「ただいまー！」

鍵《かぎ》を回す音に続いて、玄関《げんかん》からはずんだ声が聞こえてきた。

「おかえり……」

テーブルに頬《ほお》をつけたまま、振り返らないで答える。野球部らしい短く刈《か》り上《あ》げた髪《かみ》の弟、徹《とおる》は俺《おれ》の隣《となり》にやってきて重そうなスポーツバッグを下ろした。

「あー、疲《つか》れた。今日の夕飯なに？　レンジん中にある？」

「うん……」

キッチンへ向かった徹に、気の抜《ぬ》けた声で返す。

「お、うまそー……って、あれ。なにこのケーキ、食べてもええん？」

「うん……」

「ほんまに？　やった！」

「うん……」

ぼうっとしたまま何も考えずに答えていた俺《おれ》は、そこではっと我《われ》に返り、勢いよく立ち上がった。

「待て！」

キッチンへかけこむと、徹《とおる》はカップケーキを手にしたまま驚《おどろ》いたように目を瞬《しばた》いた。

しまった。いくらなんでも取《と》り乱《みだ》しすぎや。

「……こっちはええけど、これは俺のやから」

ごまかすようにぶっきらぼうに言って、徹の手からカップケーキを取る。

「え、兄ちゃんそれでええの？　それが一番まずそうやけど……」

「……放っとけ。俺はこれがええねん」

訝《いぶか》しげな視線《しせん》を寄越《よこ》す徹から、逃《に》げるように居間へと戻《もど》る。

透明《とうめい》な袋《ふくろ》に入ったカップケーキは、ふくらみが足りずしんなりとしていた。たしかに、相変わらずまずそうやな……。

テーブルの前に座《すわ》ると袋のテープを剝《は》ぎ、カップケーキを取り出した。そして、おそるおそるそれを口に運ぶ。

……生《なま》や。全然焼けてへん。なんとなく予感はあったが、食べてみるとやはり焼きが足りていなかったようで、中心部分はべちょべちょと水分が残っていた。

「いや、まあ最近は生が流行《はや》っとるしな……生ドーナツとか……」

「なにぶつぶつ言うてんの、兄ちゃん」

ごはんを手に戻《もど》ってきた徹が、不思議そうにこちらを見下ろす。俺はそんな徹の言葉には答えず、もう一口カップケーキを口にした。

その瞬間《しゅんかん》、到底《とうてい》カップケーキを食べているとは思えない音が口の中で響《ひび》き、咀嚼《そしゃく》していた口の動きを止めた。ティッシュを取り、口の中に残った異物《いぶつ》を吐《は》き出《だ》す。

これは……卵《たまご》の殻《から》か……。

「異物混入……これもまあ、流行っとるもんな……ある意味……」

「せやからさっきからなに言うてんねん……って、どないしたん？　なんか変なもんでも入っとった？」

味噌汁《みそしる》をすすっていた徹が顔を上げ、俺の手にあるティッシュをのぞきこんだ。

「うわ、なんやそれあり得へんわ。ただでさえまずそうやのに、最悪やん。もう捨《す》てたほうがええって、それ」

徹《とおる》の言葉に俺《おれ》は、手の中にあるカップケーキをじっと見下ろした。

昼休み、真剣《しんけん》な表情で教科書を見つめていたさやか先輩《せんぱい》の姿《すがた》が頭をよぎる。

捨《す》てる？　あほか。そっちのが、あり得へんっちゅうねん。

さやか先輩が、初めて俺のために作ってくれたもの。三井《みつい》先輩でなく、俺のために。

それが、そのことが、どんだけ嬉《うれ》しかったか。それはきっと、誰《だれ》にもわからへん。

小さく息を吐《は》いて、カップケーキの最後の欠片《かけら》を口に放る。

想いを伝えて受け止めてもらえなかったら、自然と諦《あきら》めもつくだろうと思っていた。それなのに、なんで俺は未《いま》だにとらわれてんねやろ。

こんなにも、身動きが取れないほどに。

噂《うわさ》のあいつと噂の彼女《かのじょ》!

「さやか先輩《せんぱい》、ちょっとこれ混ぜとってくれます?」

「……うん」

ハンドミキサーとボウルを差し出して振《ふ》り返《かえ》った内海《うつみ》くんに、小さくうなずく。私がそれらをしっかりと受け取ったのを確認《かくにん》すると、内海くんはコンロのほうへと向かった。その背中《せなか》を見つめて、こっそりと息をつく。

内海くんにカップケーキをあげたあの日から、ちょうど一週間。内海くんはまるでなにごともなかったかのように、部活とバイトの両方をこなしていた。

「……どないしました?」

油を火にかけていた内海くんが、視線《しせん》に気付いた様子で顔を上げる。

「う、ううん、なんでも! えっと、これ混ぜるんだよね!?」

あわててハンドミキサーのスイッチを入れる。

「わ……っ!」

「先輩《せんぱい》！」

回り始めたアタッチメントが、ボウルの中の材料の表面をかすり、そこら中に材料を飛び散らせた。咄嗟《とっさ》に肩《かた》をすくめて目をつぶる。

すると、骨《ほね》ばった手がハンドミキサーを持った私の手に重なり、それからカチッとスイッチを切った音が響《ひび》いた。そろそろと目を開けてみると、そこにはあきれたようにこちらを見下ろす内海《うつみ》くんの姿《すがた》があった。

「なにやってんですか……」

「ごめん……」

ため息混じりに言われた言葉に、恥《は》ずかしくなって顔をうつむけようとする。

「――待って」

ふっと顔に影《かげ》が落ち、内海くんの整った顔が間近に迫《せま》った。思わず身体《からだ》が強張《こわば》る。

どうしよう、顔が熱い……。

じわじわと上ってくる熱に、わずかに視線《しせん》をそらした。内海くんは私の反応に一瞬《いっしゅん》目を丸くして、それから怒《おこ》ったように顔を赤くして口を開く。

「……ついとる」

そう言って私の頬《ほお》を拭《ぬぐ》った内海くんの親指は、私の顔と同じくらい熱かった。

「あ、ありがと……」

「いや……気いつけてくださいね。ちゃんと、こうやって材料に浸《つ》けてからスイッチ入れて……」

「う、うん……」

内海くんはさりげなく私の手に自分の手を重ねて、丁寧《ていねい》に教えてくれる。しかし私は、大きな音を立てる心臓《しんぞう》の音が内海くんに聞こえるんじゃないかと気が気でなくて、それどころではなかった。

あの日以来、内海くんは少し変わった気がする。以前のように怒《ど》鳴《な》ることもたまにはあるけれど、それは私が怪我《けが》をしそうになったときくらいで、それ以外の失敗には今みたいに優《やさ》しく対応してくれるようになった。私はそんな内海くんに慣れなくて、毎度過剰《かじょう》な反応をしてしまう。

内海くんはきっとなにも考えてないのに。私だけ意識しちゃって恥《は》ずかしい……。

「……そういえば、先輩《せんぱい》。今週の金曜の話なんですけど」

材料を混ぜ終わり、二人並《なら》んで生地を丸めていると、内海《うつみ》くんが思い出したように顔を上げた。

「ああ、内海くんその日は部活に出ないで大阪に帰るんだったよね」

「はい」

内海くんは今週の金曜日に、誕生日《たんじょうび》を迎《むか》える。そのため、家族から一時実家に帰るよう言われたらしく、その日は学校が終わり次第そのまま新幹線に乗って大阪へ帰るらしい。

「家族のみんなと、久しぶりに会うんだよね。楽しんできてね」

内海くんが家族思いな人間だということは、初めて会った日からずっと感じていた。内海くん、嬉《うれ》しいだろうな。そう思うと、なんだか私までくすぐったいようなあたたかい気持ちになった。

「……はい。ありがとうございます」

内海くんは少し照れくさそうに、視線《しせん》をそらして答える。そしてわずかな沈黙《ちんもく》のあと、はっとしたようにこちらを振《ふ》り返《かえ》った。

「……って、そうやなくて！　あの、さやか先輩《せんぱい》。俺《おれ》がおれへんあいだは料理とかすんのやめてくださいね」

「え……なんで？」

真剣《しんけん》な表情で言った内海くんに、思わず手を止めて首を傾《かし》げた。

「なんでて。先輩、俺がちょっと目え離《はな》しただけで、怪我《けが》しそうになるやないですか」

「でも、内海くんが入部するまで、なんとか生きてやってこれたよ？」

「なんで料理ごときで基準が生きるか死ぬかやねん……」

内海くんは頭を抱《かか》えて深く息を吐《は》く。それからこちらを睨《にら》むように見ると、机《つくえ》に手をつき身を屈《かが》めて私と視線《しせん》を合わせた。

「ええですか。俺が帰るまでは絶対、包丁、コンロ、ミシンその他危険物《きけんぶつ》には近付かんでくださいよ」

「そんな、子どもじゃないんだから」

「いや、さやか先輩と比べたら、俺の子どもん頃《ころ》のほうが百倍しっかりしてました」

軽く笑い飛ばそうとしたが、真顔できっぱりと言い切られてしまった。

「今からこれ揚《あ》げますけど、先輩は半径一メートル以内には近付かんこと」

丸めた材料……完成間近のドーナツを目の前に突《つ》き出《だ》して内海くんが言う。有無を言わせないその表情に、私はうなずくよりほかなかった。

「美味《おい》しくできてよかったね、ドーナツ」

部活終わり、人気《ひとけ》のない校舎を歩きながら、余りのドーナツを入れた紙袋《かみぶくろ》を抱《かか》えて内海《うつみ》くんを見上げる。

「そーですね」

内海くんは口元に笑みをつくって答えた。

「余った分、ひかるに食べさせてあげようっと」

「げ……あいつに食わすんですか？　それは嫌《いや》やな……」

「内海くん……」

途端《とたん》に眉《まゆ》を寄せた内海くんに、思わず苦笑いする。内海くんは私の持つ紙袋を開けて、ドーナツを一つ取り出した。

「今のうちに減らしてまえ。ほら、口開けてください」

「む、無理無理！　もうお腹《なか》いっぱいだよ」

あわてて首を横に振《ふ》る。けれど内海くんはかまわず私の口元までドーナツを持ってきて、私は結局口を開けてそれを食べた。

「美味《うま》いですか？」

「……美味ひでふ」

ドーナツを頬張《ほおば》ったまま答えると、内海くんは子どもみたいな無邪気《むじゃき》な顔で笑った。その瞬間《しゅんかん》、私の胸《むね》がはねる。

見つめているとどんどん胸がうるさく鳴って、落ち着かなくて。

でも私、やっぱりこの笑顔好きだな……。

「――さや」

不意にかけられた声に、ゆっくりと振《ふ》り向《む》く。

「春兄《はるにい》……どうしたの、部活は？」

視線《しせん》の先にいたのは部活着の春兄で、私は驚《おどろ》いて目を瞬《しばたた》いた。春兄はわずかに上がった息を整えながら、首にかけていたタオルで鼻のあたりの汗《あせ》を拭《ぬぐ》う。そして、深く息を吐《は》くと伏《ふ》せていた目を上げてこちらを見た。

「……さやは？」

「え……？」

「さやは、なにしてんの？」

「な、なにって、部活終わって今から帰るところだけど……」

問《と》い詰《つ》めるような口調に戸惑《とまど》いつつ答える。春兄《はるにい》の目はまっすぐに私を捉《とら》えていて、その目は今まで見たことがないくらいに冷え切っていた。

「どうかしたの？　春兄……」

「………いや」

春兄のほうへ一歩足を踏《ふ》み出して尋《たず》ねると、春兄は視線《しせん》をそらしてタオルを握《にぎ》る手に力を込《こ》めた。

「俺《おれ》、さっき部活終わって今から帰るところだから……一緒《いっしょ》に帰ろう」

「え……」

春兄の言葉に思わず声を漏《も》らす。春兄は今までの表情が嘘《うそ》みたいに、優《やさ》しげな笑みを浮《う》かべた。

「いいよな、さや」

「え……っと、でも……」

困《こま》りきった私はちらりと内海《うつみ》くんのほうを見た。その瞬間《しゅんかん》、内海くんと目が合う。

内海くんは少しの間、じっと私の目を見つめて、それからかすかに笑みを浮かべて口を開いた。

「よかったですね、先輩《せんぱい》。……邪魔者《じゃまもの》は、先に帰りますね」

「内海くん……待っ……」

踵《きびす》を返した内海くんを呼《よ》び止《と》めようと、あわてて声を上げる。けれど、足を踏《ふ》み出《だ》しかけた私を引き止めるように、春兄が私の腕《うで》を取った。

「俺《おれ》さ、忘《わす》れ物《もの》取りに行く途中《とちゅう》だったんだ。今から取りに行って、着替《きが》えたらすぐ戻《もど》るから。さやはここで待ってて」

そう言って微笑《ほほえ》むと、春兄は私の返事も待たずに内海くんとは逆の方向に向かって歩き出した。その背中《せなか》を見て、それからすぐにうしろを振《ふ》り返《かえ》る。けれどそこには、すでに内海くんの姿《すがた》はなかった。

「……んで……」

誰《だれ》もいない廊下《ろうか》に、声が落ちる。

なんで内海くんに『よかったですね』なんて言われなきゃいけないの。

抱《かか》えた紙袋《かみぶくろ》を抱《だ》きしめて、唇《くちびる》を噛《か》んでうつむく。

私は全然よくないのに、なんで勝手に決めるの。……なんで、先に帰っちゃうの。

名前を呼んだのに、振《ふ》り返《かえ》ってもくれなかった。私は、内海《うつみ》くんと帰りたかったのに。

◆

「あー、もう……」

深いため息を吐《は》き出すと共にうなだれると、額にテーブルがぶつかり硬《かた》い音がした。

家に帰り、一人で先に晩《ばん》ごはんをすませた俺《おれ》は、今日の出来事を振り返ってはため息をつくことを繰《く》り返《かえ》していた。

「ただいまー……」

もう自分でも何度目かわからないため息を吐こうとしたとき、玄関《げんかん》から徹《とおる》の声がした。

「おかえり……って、おまえどないしたん？　なんか暗いやん」

人のことが言えた義理ではないが、いつも明るい徹の元気がないのは珍《めずら》しい。

「べ、べつに……」

徹はさっと視線《しせん》をそらして答える。スポーツバッグを置くなり、逃《に》げるようにキッチンへ向かった徹に俺《おれ》は軽く首を傾《かし》げた。

しかしふっと思いつくと、にやりと笑ってキッチンをのぞいた。

「わかった。俺と実家帰れへんのが寂《さび》しいんやろ」

徹は今週の土日に合宿がある。そのため、俺と一緒《いっしょ》に大阪へ帰ることはできず、金曜日は一人でここに留守番しなければならない。

「かわいそうやけど、しっかり頑張《がんば》るんやで。お土産に柚《ゆず》の写真めちゃくちゃ撮《と》ってきたるから」

柚はうちの兄弟の末っ子で、我《わ》が家《や》ではアイドル的存在《そんざい》だ。俺の帰省が決まったときにも、徹は最後まで柚に会いたいと言ってごねていた。

きっと悔《くや》しがるだろうと思いながら徹の反応を待つ。

「う、うん……」

しかし徹は軽くうなずいてぎこちなく笑うだけだった。

これは明らかにおかしい。

夜ご飯を食べ始めた徹をじっと見つめる。徹は俺の視線に気付くと、あわてた様子でごはんをかき込《こ》み、机《つくえ》に手をついて立ち上がった。

「ふ、風呂《ふろ》！　入ってくる！」

大きな声でそう宣言《せんげん》し、俺《おれ》に背《せ》を向けて風呂場《ふろば》へと向かっていく。

「なんや、あいつ……」

一人首を傾《かし》げると、徹《とおる》が置きっぱなしにしていった皿を重ねて立ち上がった。そのとき、コツンと足に何かが当たる。皿を置き、足に当たった黒い袋《ふくろ》を持ち上げると、俺は目を瞬《しばたた》いた。

これは、徹のグローブ入れだ。徹はいつもこの中にグローブを入れて持って帰っていて、ごはんを食べたあとはすぐに手入れをしていた。

しかし、そういえば今日はそれをしていない。

訝《いぶか》しく思い、袋の口をゆるめて中のグローブを取り出してみる。

「……あいつ」

取り出したグローブは、捕球面《ほきゅうめん》が破れ、使いものにならない状態だった。

徹はきっと、お金のことを気にして言い出せなかったのだろう。正直、俺が大阪へ帰るお金は無理やりひねり出したようなものだったし、徹もそのことを知っていた。だから、自分がグローブが壊《こわ》れたと言えば、俺が大阪行きを諦《あきら》めると思ったのだろう。

まだ小学校卒業したばっかのガキのくせに、いらん気い遣《つこ》うて……。

手の中にあるグローブは、破れた部分以外もすでにボロボロだ。ずいぶん前から使っているのだから、当たり前といえば当たり前だ。

ほんまに、俺のまわりはあほばっかやな。

自分のことより他人のことばかりで、本当に、あきれるほどのお人好《ひとよ》しだ。

気い遣《つか》うなて言うたのに……。

頭によみがえるのは、困《こま》った顔でこちらを振《ふ》り向《む》いたさやか先輩《せんぱい》の顔で、俺はかすかに笑みをこぼした。

どうしようもなくあほで、端《はた》から見ると本当に損してばかりで。

……でも、だからこそ、こんなにも愛《いと》おしく思えるのだろう。

◇

春兄《はるにい》と一緒《いっしょ》に帰った日の翌日《よくじつ》、水曜日。私は家庭科室の前で、ドアに手をかけたまま固まっていた。

なにも、躊躇《ためら》う必要なんてないはずだ。

ただいつもどおりに笑って、なにごともなかったかのようにお菓子《かし》を作ればいいだけなんだから。

そう何度も自分に言い聞かせているのに、どうして私はこのドアを開けられないのだろう。

……もう、あれだ。こうなったら、念力的な何かで開けるしかない。

現実逃避《とうひ》に走った私は、ドアに手をかけたまま取っ手を睨《にら》んで頭の中で念じ始めた。

開けー、開けー。開け、ゴマ！

その瞬間《しゅんかん》、タイミングよくドアが開いた。

「きゃあぁ！」

思わず叫《さけ》んでしまう。ドアを開けた人……内海《うつみ》くんは、あきれた顔でため息をついた。

「そないなとこで、なにしてんですか。早《は》よ部活始めましょう」

「は、はい……」

ドアの前でやっていたことがやっていたことだっただけに、羞恥《しゅうち》から顔を上げることもできず、うつむいたまま教室に入った。

「そういえば、俺《おれ》、金曜日部活出れるようになりました」

「……え？」

さらっと、まるで天気の話でもするかのように言った内海くんを、驚《おどろ》いて見上げる。

「なんで？　実家に帰るはずだったんじゃ……」

「そん金で弟に新しいグローブ買うことにしたんで。明日やったら弟が行ける言うんで、明日学校終わったら一緒《いっしょ》に買いに行くんです」

そこまで言って内海くんは、少し申《もう》し訳《わけ》なさそうに眉尻《まゆじり》を下げた。

「せやから木曜日のバイト、俺やなくて違《ちが》うおばさんが行くんで。すんません」

「それは全然かまわないけど……」

「……全然かまわんのですか」

「あ、いや！　ちが……そういう意味じゃ……」

ふっと遠い目をして言った内海くんに、あわてて両手を振《ふ》ってみせる。

「……って、そうじゃなくて！　いいの？　内海くん。大阪帰るの、楽しみにしてたんじゃないの？」

「まあそら帰りたいか帰りたないかて聞かれたら、久しぶりやし帰りたかったですけど。それ言うたら弟かて帰りたかったやろうし、俺だけ帰るんも悪いなて思うとったからちょうどよかったです」

「内海《うつみ》くん……」

制服のスカートをぎゅっと握《にぎ》りしめて内海くんを見つめる。内海くんはそんな私を見て、安心させるように笑みを浮《う》かべた。その笑顔には、どこにも曇《くも》りなんてなくて、内海くんの言葉には嘘《うそ》も偽《いつわ》りもないのだとわかった。

お人好《ひとよ》しは、内海くんのほうじゃない。

「……じゃあ金曜日、誕生日会《たんじょうびかい》しようよ！」

「は……？」

「教室飾《かざ》りつけて、一緒《いっしょ》にケーキ作って食べるの！　楽しそうじゃない？」

目を瞬《しばたた》いてぽかんとしている内海くんに、必死になって言う。

「あ……でもそれじゃあ内海くん、自分の誕生日ケーキ自分で作ることになっちゃう……!?」

はっと気付いてうろたえていると、内海くんが小さく笑った。

「……先輩《せんぱい》」

私の前にあった丸椅子《まるいす》に座《すわ》り、ひょいと私の顔をのぞきこんでくる。

「ありがとうございます、さやか先輩。俺、めちゃくちゃ楽しみにしてます」

……至近距離《しきんきょり》でこの笑顔は反則だよ。

無邪気《むじゃき》な笑顔を目にして、一気に顔が熱くなる。

内海くんはそんな私の顔を見て、なにか言おうとするように口を開き、すぐに閉《と》じた。

けれど迷うように視線《しせん》をさまよわせてから、もう一度、意を決したように口を開いた。

「あの、先輩。もしよかったら、なんですけど……明日のグローブ選び、先輩もついてきてくれませんか？」

「え……？」

思わぬ誘《さそ》いに驚《おどろ》いて、内海くんの顔をまじまじと見つめる。内海くんは、一瞬《いっしゅん》で耳まで顔を真っ赤に染《そ》めた。

「い、いや！　無理ならええんですけど！　……ただ、部活もバイトもないと、先輩に会えへんから……」

顔を背《そむ》け手の甲《こう》を口に当てて、内海くんはだんだんと声をしぼませながら言う。

そんな内海くんを見ていると、一時は引いた顔の熱がぶり返してきた。

「い、いいの？」

千夏《ちなつ》ちゃんじゃなくて、本当に私でいいのかな。

「……頼《たの》んどるんは、こっちです」

内海《うつみ》くんは赤い顔のまま眉間《みけん》にしわを寄せる。その反応に、思わず笑ってしまう。

「なに笑《わろ》うてんですか」

「……なんでもない」

今私の顔、とんでもなくゆるみきってるんだろうな。そう考えながら答える。

嬉《うれ》しかった。それが、ただの仲のいい先輩《せんぱい》に対する気持ちだとしても。一緒《いっしょ》にいたいと思ってたのは、私だけじゃなかったんだと思うと、どうしようもなく気持ちが舞《ま》い上《あ》がった。

昨日感じた痛《いた》みと寂《さび》しさは、いつの間にか私の胸《むね》の中から消えてなくなっていた。


約束のときは、あっという間に訪《おとず》れた。

木曜日、私は学校の下駄箱《げたばこ》前に立ち、そわそわと落ち着きなく内海くんが来るのを待っていた。部活に向かう生徒たちが脇《わき》を通り過ぎていくたび、心臓《しんぞう》がどきりと鳴り、それから安堵《あんど》したような残念なような複雑な気持ちになる。

早く来てほしい。だけどこのままずっと待っていたいような気もする。

少しウェーブのかかった髪《かみ》の毛《け》を、一束《ひとたば》つまんでため息をつく。

そのとき、向かい側から歩いてくる一人の生徒が目に入った。その生徒……春兄《はるにい》は、私の視線《しせん》に気付いて足を止めた。

「春兄……」

「……どうしたんだ、こんなところで。誰《だれ》かと待ち合わせ？」

「う、うん。内海くんと……」

「……そうか……」

春兄はそう言ったきり、黙《だま》り込《こ》む。重たい沈黙《ちんもく》が私たちの間を流れた。

春兄とは、ここ最近なんとなく気まずくて、おたがいよそよそしい態度でしか接することができずにいた。一緒に帰ったあの日も、実はほとんど会話もないままに家の前で別れていた。

以前のように戻《もど》りたいと思うけれど、そもそもどうしてこうなったのかがわからない。

「……あの、さ」

不意に、沈黙を破って春兄が口を開いた。

「明日って、空《あ》いてる？」

「え……？」

「明日さ、鬼塚《おにづか》が出張らしくて久しぶりに部活ないんだ。……だから、さやと二人でどっか遊びに行けたらなと思って」

春兄《はるにい》は優《やさ》しく目を細めて私を見る。その視線《しせん》から逃《に》げるように、私は目を伏《ふ》せた。

「ごめん、春兄。明日も内海《うつみ》くんと約束があるから……」

「……そっか」

春兄はわずかな沈黙《ちんもく》の後、苦笑して言った。

「そんな顔するなよ。さやは悪くないから」

明るい口調で言った春兄の言葉に、そっと視線を上げる。春兄はいつもの優しい笑顔で笑って、私の頭に手を乗せた。

「最近ずっと、困《こま》らせて悪かった。往生際《おうじょうぎわ》悪いってわかってたんだけど……諦《あきら》めきれなくてさ」

言葉の意図をはかりかねていると、春兄はなんでもないというように首を横に振《ふ》る。

「じゃあまたな、さや」

「うん……」

だんだんと遠ざかっていく春兄の背中《せなか》を、ぼんやりと見つめる。

ずっと、好きだったのに。誘《さそ》ってもらって嬉《うれ》しかったはずなのに……。

「さやか先輩《せんぱい》」

かけられた声に、ゆっくりと振り返る。そこには、硬《かた》い表情で立つ内海くんの姿《すがた》があった。

「どうしたの、内海くん……」

あわてて内海くんにかけより、手をのばす。

「なにしてんですか……っ」

内海くんは、のばした私の手を軽く払《はら》った。

「あほやあほやとは思うてましたけど、こないあほやとは思いませんでした」

内海くんはうつむき、両手を握《にぎ》りしめて怒《いか》りを押《お》し殺《ころ》すように言った。

「あ、あの、内海くん、関西弁……」

「そんなんどうでもええわ！」

周囲に少しだけいる生徒が気になって言うと、内海くんは顔を上げて私を睨《にら》んだ。

「今すぐ、三井先輩《みついせんぱい》んとこ行ってきてください。ほんで金曜日の約束、ちゃんとしてください」

内海《うつみ》くんの声は、今まで聞いたことがないくらい怒《いか》りに満ちていた。その声音に一瞬《いっしゅん》ひるむ。けれど私は、強く唇《くちびる》を噛《か》むと内海くんを見上げて睨《にら》み返した。

「……嫌《いや》」

「は……？」

「嫌だよ、そんなの！　最初に約束したのは内海くんじゃない！」

こんなふうに誰《だれ》かに怒《おこ》ったのは、いったいいつ以来だろう。お腹《なか》の底が煮《に》え立《た》つようにふつふつと熱を持っていた。

「あととか先とかそんなん気にせんでええねん！　行きたいほうに行けや！」

「だったら私は内海くんと誕生日会《たんじょうびかい》する！」

「……っこんわからず屋！」

子どものように感情のまま声をあげると、内海くんは苛立《いらだ》ちを露《あら》わに怒鳴《どな》った。

「……ほんまにあほや。そんなんで俺《おれ》が喜ぶ思うてんですか？」

私から視線《しせん》をそらして、吐《は》き出《だ》すように言う。

「迷惑《めいわく》やねん、そないな中途半端《ちゅうとはんぱ》な同情。そんなんやったら、無視《むし》されとったほうがよっぽど楽やわ」

「内海くん……」

「今日は、もうええです。……明日も、先輩はちゃんと三井先輩んとこ行ってください」

そう言うと、内海くんは返事も聞かずに私の脇《わき》をすり抜《ぬ》けた。

「待って！」

人目もはばからず、その背中《せなか》に向かって叫《さけ》ぶ。けれど、内海くんは一度もこちらを振《ふ》り返ることなく去っていった。

いつの間にか誰《だれ》もいなくなっていた玄関《げんかん》に、一人立《た》ち尽《つ》くす。

「あほは、どっちだよ……」

内海くんの馬鹿《ばか》。同情なんかじゃないのに。私が、内海くんの誕生日を祝《いわ》いたかっただけなのに。

春兄とじゃなくて、私は内海くんと一緒《いっしょ》にいたかった。

……私はずっと、内海くんが、好きだったんだ。

◆

金曜日、ホームルームも終わり、生徒たちが次々と教室を出て行く中、俺《おれ》は頰杖《ほおづえ》をついてその光景をぼんやりと眺《なが》めていた。

「おーい、内海《うつみ》。おまえいつまで死んでんだー？」

ひらひらと目の前で手を振《ふ》られ、眉《まゆ》を寄せて前の席に座《すわ》る男子生徒を睨《にら》む。

「小谷《こたに》……」

「うわ、めちゃくちゃ機嫌《きげん》悪いな。なんかあった？」

小谷は顔を引きつらせると、若干《じゃっかん》たじろぎながら尋《たず》ねてきた。

「べつに……ただちょっと、失恋《しつれん》しただけ」

そう答えて、鞄《かばん》を手に立ち上がる。

「へーそっか、失恋ねー…………って、ええええ⁉」

背後《はいご》から間抜《まぬ》けな叫《さけ》び声《ごえ》が聞こえたが、かまわず歩き始める。

「う、嘘《うそ》だろお前！　俺がこの一週間で三人の女子に振られたからって、馬鹿《ばか》にしてるんだろ⁉」

「なんでそないな嘘つかなあかんねん。しかもそれ初耳やし」

あわててスポーツバッグを肩《かた》に下げて追いかけてきた小谷に淡々《たんたん》と返す。

一週間に三人て……振られるとか以前に適当すぎるやろ。まともに受け取ってもらえんで当然やわ。

「うわー……おまえ振るとか、まじであり得ねえ。その子すっげー可愛《かわい》いんだろうなー」

俺の心中など知る由《よし》もない小谷は、一人で想像をふくらませている。

「せやで、めちゃくちゃ可愛い。あんな可愛い人ほかにはおれへんわ」

半《なか》ばやけくそになって言うと、小谷は下心満載《まんさい》な顔で俺を見上げた。

「まじか……それすげえ気になる。誰《だれ》か教えてよ、見てみたい」

「あほ、誰が教えるか。……ほな、俺は先行くから」

「え⁉」

小谷が目を見開いて俺を見上げるが、かまわず一人先に進む。

「待てよ、内海！　つーか、おまえ、その関西弁なにー⁉」

遅《おそ》いわ。

面倒《めんどう》になって、今日一日関西弁で話していたというのに、今さらすぎる。

俺《おれ》は背後《はいご》から聞こえる叫《さけ》び声《ごえ》を無視《むし》して階段《かいだん》を下りた。

「内海《うつみ》くん」

ふと鈴《すず》が鳴るような可愛《かわい》らしい声が聞こえて、背後を振《ふ》り返《かえ》る。

しかし、その人物を目にするなりげんなりと肩《かた》を落とした。

「おまえ……」

「ちょっといいかな？」

にこりと整った顔で笑ったのは、さやか先輩《せんぱい》の妹、紺野《こんの》ひかるで、ひかるはくいっと人差し指を折り曲げて首を傾《かし》げた。

顔と動作が全く一致《いっち》してへん……。

心の中でつぶやきながらも、俺は歩き出したひかるのあとを無言で追った。

「……あんた、どういうつもり？」

人気《ひとけ》のない廊下《ろうか》に出るなり、ひかるは腕《うで》を組んでこちらを睨《にら》みあげた。

「は……？」

「私、言ったよね？　お姉ちゃんに手出さないでって」

「べつに出してへんわ……」

そんなに……と、心の中で付け足しながら答える。

「じゃあなんでお姉ちゃん、春兄《はるにい》とのデート断っちゃったのよ！」

ひかるの言葉に一瞬《いっしゅん》言葉を失った。

「なに……言うてん。さやか先輩は今日、三井《みつい》先輩とデートなんや……」

動揺《どうよう》を隠《かく》しきれず、呆然《ぼうぜん》としたまま言葉を返した。

昨日あんなに念押《お》したのに。せやのに断ったって、そんなんまるで……さやか先輩、ほんまに三井先輩より俺と一緒《いっしょ》におりたかったみたいやん。

それってもしかして、さやか先輩、俺のこと……。

「あんた何したの⁉　お姉ちゃん脅《おど》した⁉」

思考をさえぎるように、ひかるが詰《つ》め寄《よ》ってきて噛《か》みつくような勢いで言う。

「は……？　とりあえず落ち着けや。変やで、おまえ。なんでおまえがそない必死になってんねん」

「なんで……って、そんなの当たり前じゃない。私は、ずっと見てたんだから。お姉ちゃんが春兄のこと好きで、努力してるところ。……それに、春兄もずっとお姉ちゃんが好きだったの、知ってたんだから」

両手を握《にぎ》りしめて、ひかるが俺《おれ》に鋭《するど》い視線《しせん》を向ける。

「それなのに、なんなのあんた！　急にぽっと出てきて、やっとうまくいきそうだった二人の関係崩《くず》して！　こんな……こんなの……っ！」

「ひかる……おまえ……」

「……ずっと苦しくて、やっと、笑って応援《おうえん》できるようになったところだったのに……あんたなんか大嫌《だいきら》い……っ」

ひかるは、うつむいて涙《なみだ》をこぼしていた。

「……なんか、俺とおまえ、結構似とるんかもしれへんな」

最初から諦《あきら》めていて、手をのばそうともしないその姿《すがた》は、端《はた》から見ると、なんて不器用に映《うつ》るのだろう。

怪訝《けげん》そうに顔を上げたひかるを、俺は真《ま》っ直《す》ぐに見返した。

「ラッキーやて思えばええやん。俺らそない綺麗《きれい》な人間ちゃうやろ？　欲《ほ》しいもんは、もっと貪欲《どんよく》に取りに行かな」

そう言って、ああそうだと自然に思えた。

俺はあいつらとは違《ちが》う。人のために、自分が欲しいもん諦《あきら》めたりなんか絶対せえへん。

「どこ行くの」

背《せ》を向けて歩き出した俺《おれ》に、ひかるが聞く。俺は顔だけ振《ふ》り返《かえ》り、不敵に笑ってやった。

「取りに行くんや。俺は、俺の欲しいもん」

◇

なにしてるんだろう、私……。

一人家庭科室の丸椅子《まるいす》に座《すわ》って、うつむく。手の中には飾《かざ》りつけ用の輪飾《わかざ》りを作ろうと持ってきた折り紙がある。祝《いわ》う相手もいないのに、これでは馬鹿《ばか》丸出しだ。そうは思うけれど、どうしても帰る気になれず、机《つくえ》に頭を乗せて教室を眺《なが》めた。

ずっと、一人でやってきたのに。今では内海《うつみ》くんがいないと、どうしようもないくらい寂《さび》しい。

いつもと変わらないはずの教室が、やけに広く、殺風景に見えた。

「――先輩！」

突然《とつぜん》、ドアが開いて聞き慣れた声が響《ひび》いた。その声に、はじかれたように立ち上がる。

「内海《うつみ》くん……なんで……」

「なんでは、こっちの台詞《せりふ》やわ」

わずかに息を切らした内海くんは、額に浮《う》かんだ汗《あせ》を拭《ぬぐ》いながらこちらに近付いてくる。

「三井先輩《みついせんぱい》のとこ行け言うたのに、なにしてんねん。あほですか」

内海くんの言葉に胸《むね》が痛《いた》む。

「あほあほ言わないでよ。私は……私は、内海くんと……！」

言いかけた言葉が、ふっと溶《と》けてなくなる。

その代わり、早鐘《はやがね》を打つ心臓《しんぞう》の音と、私の身体《からだ》を包む内海くんの腕《うで》の感覚だけが胸に迫《せま》った。

「……うん、俺《おれ》と？」

「……内海くんと……っ」

優《やさ》しく促《うなが》すような声に、誘導《ゆうどう》されるように口を開く。緊張《きんちょう》で震《ふる》える手で、目の前にある制服にすがるようにして顔を埋《うず》めた。

「……好き。内海くんが、好きなの……」

内海くんは千夏《ちなつ》ちゃんのことが好きなのだとわかっている。わかっているけれど……ど

うしようもないくらいに、内海《うつみ》くんのことが好きだ。

「……俺《おれ》も。俺も、ずっと先輩《せんぱい》だけが好きやった」

内海くんの言葉に、私は勢いよく顔を上げた。

内海くんは熱のこもった目でこちらを見下ろし、私の頬《ほお》を撫《な》でて切なげな吐息《といき》を漏《も》らす。

「――っま、待って！」

私が内海くんの手を剥《は》がして叫《さけ》ぶと、内海くんはきょとんとした目でこちらを見た。

いやいやいやいや！　可愛《かわい》いけど、きょとんとしたいのはこっちのほうだよ！

「ど、どういうこと⁉　ずっと好きだったって……千夏《ちなつ》ちゃんは？」

「なんでそこで長崎《ながさき》先輩が出てくるんですか？」

「え……ええ？」

未《いま》だ治まらない心臓《しんぞう》の音と顔の熱に、心の中で悲鳴を上げながらも、必死で頭の中を整理する。

えーっと、確か内海くんは千夏ちゃんが好きで、それを知ったのはカップケーキを渡《わた》したときで……。

……………ん？　私、あのとき『千夏ちゃんの』カップケーキが嬉《うれ》しかったかって聞いた

つもりだったけど、もしかして内海くんはそう思ってなかったの⁉

一つの躓《つまず》きに気が付くと、あれよあれよというまに内海くんの言葉の一つ一つが違《ちが》う意味として聞こえてくる。

「もしかして先輩、俺が長崎先輩のこと好きやて勘違《かんちが》いしとったんですか？」

なんだか夢を見ているようで呆然《ぼうぜん》としていると、内海くんが再び私の頬に手を添《そ》えた。

「なんでそない勘違いしとったんか知りませんけど……もうええですか、先輩。俺、もう我慢《がまん》の限界……」

そう言って、内海くんが顔を近付けてくる。

「き、きゃあああ！　待って！　無理！」

「……なんで？」

必死で胸《むね》を押《お》して抵抗《ていこう》すると、心の底から残念そうな顔をされる。

「だ、だって！　そんな、急だしっ！　心の準備とか……っ！」

「うん……」

内海くんは私の言葉にうなずく。

うなずいてはいるが、その顔は私のすぐそばにあり、軽く頬ずりされた。まるで待てのできない犬みたいだ。

「う、内海《うつみ》くん、私の話聞いてるの……!?」

「うん……」

絶対聞いてない……!

内海くんのふわふわの髪《かみ》が頬《ほお》に触《ふ》れるたび、心臓《しんぞう》が壊《こわ》れそうになる。

こんなの無理だ。心臓が保《も》たない。

「さやか先輩《せんぱい》……」

ようやく顔を離《はな》した内海くんが、私の髪を耳にかけながら名前を呼《よ》ぶ。私は泣きそうになりながらも、そっと顔を上げて内海くんを見た。

「心の準備、そろそろええですか?」

「早いよ……っ!」

緊張《きんちょう》と混乱《こんらん》で、もうなにがなんだかわからない。

「先輩……泣かんでくださいよ……」

「う……な、泣いてなんかない……」

あわててうつむいて言うけれど、内海くんはそばにあった椅子《いす》を引いて座《すわ》り、私の顔をのぞきこんだ。

「やばい……俺《おれ》、変態かもしれへん……」

内海くんは私の顔を見るなり顔を背《そむ》け、口を手で覆《おお》ってつぶやいた。そして大きく深呼《しんこ》吸《きゅう》すると、真剣《しんけん》な顔でこちらに向き直った。

「先輩、結婚《けっこん》しましょう」

「だから早いよ」

「……わかってますって。さすがに俺も今すぐとかあほなことは言いませんよ」

間髪《かんはつ》入れずにつっこむと、内海くんは少し拗《す》ねたように唇《くちびる》をとがらせた。

「そうやなくて……俺、先輩のこと大事にしたいんです。先輩の性格も、今までいっぱい我慢《がまん》してきたことも、知っとるから。せやから、俺はその分先輩を甘《あま》やかしたげたいんです」

「内海くん……」

「もう、無理して頑張《がんば》らんでええから。……これからは俺に頼《たよ》って、先輩」

内海くんの声はまるで願うようだった。

以前、風邪《かぜ》をひいたとき内海くんの前で泣いてしまったことを思い出す。

誰《だれ》も……自分ですら気付いていなかった。我慢《がまん》することに慣れ過ぎて、いつしかそれが当たり前になっていたのだ。

でも、内海《うつみ》くんだけは、気付いてくれた。気付いて、教えてくれた。不器用な優《やさ》しさを。くすぐったくなるような愛情を。そして、それらを与《あた》えられたときの胸《むね》のあたたかさを。

強張《こわば》っていた肩《かた》から、ふっと力が抜《ぬ》ける。小さくうなずくと、内海くんが笑ったのがわかった。

窓《まど》から野球部のかけ声や、吹奏楽部《すいそうがくぶ》の楽器の音が混ざり合って流《なが》れ込《こ》んでくる。瞳《ひとみ》に映《うつ》るもの、聞こえてくる音、全てのものがかけがえのない大切なものに思える。こんな気持ちは、初めてだった。

赤い夕日に染《そ》まる教室の中、初めて触《ふ》れた唇《くちびる》の熱は、きっと、ずっと忘《わす》れない。

あとがき

恋愛《れんあい》のお話を書こうと思ったとき、一番に頭に思い浮《う》かんだのは小さい頃《ころ》に読んだおとぎ話でした。

私《わたし》はおとぎ話が好きです。理由は、苦難《くなん》を乗り越《こ》えた末に幸せを摑《つか》み取る爽快感《そうかいかん》だったり、かっこいい王子様とのすてきな恋愛だったり、いろいろありますが、何より好きなのは、おとぎ話の主人公のこころがみんな強く優《やさ》しいところです。

『シンデレラ』や『白雪姫《しらゆきひめ》』など、おとぎ話の主人公はみんな、物語の中で辛《つら》く悲しい思いをします。でも、主人公はどんな状況《じょうきょう》にあっても、決して優しいこころを忘《わす》れません。それは簡単《かんたん》なようで、とてもむずかしいことです。

自分は何も悪くないのにひどい目にあったりしたとき、人はつい、自暴自棄《じぼうじき》になったり、周りの人をねたんだりしてしまうことがあります。私もときどき、そういうことがあります。だけど本当は、おとぎ話の主人公のように、どんなときでも人の悲しみを悲しみ、人の喜びを喜べる、強くて優しい人でいられたらと思っています。そして、周りの人たちのこころも、みんなそうであったらいいのにと思っています。

『噂《うわさ》のあいつは家庭科部！』は、現代の高校を舞台《ぶたい》にした私なりのおとぎ話です。主人公はさやかですが、私の気持ちの上ではさやかと内海《うつみ》の二人が主役でした。さやかは両親がほとんど家にいなくて寂《さび》しい思いをしていて、内海は親元を離《はな》れて弟を養いながら高校に通っていて、二人とも恵《めぐ》まれているとは言いがたい境遇《きょうぐう》にあります。それでも、周りの人の抱《かか》えている悲しみや苦しみを理解しようとしたり、幸せを願ったりすることができる、強く優しいこころを持っていて、だからこそ二人はおとぎ話の主人公のように、幸せを摑むことができたのです。

この本を読んでいるみなさんが、今どんな日々《ひび》を送っているのか、私には分かりません。ですが、生きていればきっと誰《だれ》しも理不尽《りふじん》だと思うようなことに出会ってしまいます。そんなとき、みなさんがほんの少しでもこの本のことを思い出して、励《はげ》みになることがあれば、それ以上に嬉《うれ》しいことはありません。

傷付《きずつ》かずに生きようと思ったら、優しさなんて捨《す》ててしまった方がきっといいと思います。けれど、優しさのない人生に、きっと幸せはありません。

傷付くことがあっても、どうかみなさんには優しさを持ち続けることをやめないでいてほしいです。それは決してむだにはなりません。痛《いた》みを知っている人は、それだけ人に優《やさ》しい人になれる可能性を持っている人で、そしてそれは、それだけ幸せになれる可能性を持っているということだと思うからです。

私《わたし》もまだまだ未熟者《みじゅくもの》ですが、優しい人になれるよう頑張《がんば》りたいと思います。

書籍《しょせき》を出すのは今回が初めてのことでしたが、可愛《かわい》くてきゅんとするイラストを描《か》いてくださった立樹さん、書籍化にあたってたくさんアドバイスをくださったポプラ社の担当《たんとう》さん、そして、私の作品を書籍化に推薦《すいせん》してくださったエブリスタの松田さん、ありがとうございました。『噂《うわさ》のあいつは家庭科部！』は、私が初めて完結させた作品でもあったのですが、みなさんのご助力があって、なんとかこうして書籍という形にすることができました。心から感謝しています。

２０１８年　１月

市宮早記

この作品は、小説投稿サイト『エブリスタ』の投稿作品に、加筆・修正を加えたものです。

作・市宮早記（いちみや さき）
広島県出身、現埼玉県在住。普段はゲームシナリオライターをしながら小説を執筆。本書がデビュー作。ねこと甘いものが好き。

絵・立樹まや（たちき まや）
神奈川県生まれ。少女漫画誌「なかよし」を中心に活躍中。漫画作品に「塾セン」シリーズ、「これはきっと恋じゃない」シリーズ、挿絵に「らくがき☆ポリス」シリーズ、『青星学園★チームEYE-Sの事件ノート』『なぎさくん、女子になる』などがある。

POCKET CHOCOLAT

2018年3月　第1刷

ポケット・ショコラ　2
噂のあいつは家庭科部！

作　市宮早記
絵　立樹まや
発行者　長谷川 均
編　集　門田奈穂子
発行所　株式会社ポプラ社
東京都新宿区大京町22-1　〒160-8565
振替　00140-3-149271
電話　（編集）03-3357-2216　（営業）03-3357-2212
インターネットホームページ　www.poplar.co.jp
印刷・製本　中央精版印刷株式会社
book design　宮本久美子

ISBN978-4-591-15820-3　N.D.C.913　223p　18cm